theater book 017

夜明け前

吉展ちゃん誘拐事件

高橋いさを

論創社

夜明け前——吉展ちゃん誘拐事件——◉目次

夜明け前——吉展ちゃん誘拐事件——

［登場人物］

中原　保（時計修理工）

義成（保の兄／長男）
弘二（保の兄／次男）
千代治（保の兄／三男）
満（保の弟／五男）
イサヨ（保の姉／長女）
オト（保の姉／次女）

キヨ子（保の愛人）
幸枝（満の妻）
サクエ（千代治の妻）

プロローグ

木製の基本舞台は一段高い場所にあり、それを取り囲むように回廊がある。
舞台の一角に大きめの天窓があり、その窓が舞台を見下ろしている。
基本舞台の上に木製の卓袱台と椅子が二脚ある。
開演時間が来ると清らかな小川が流れる音と小鳥の囀りが聞こえてくる。
暗闇に包まれる舞台。
と基本舞台の卓袱台の前に一人の男が座っているのが見える。
男（中原保）は鉛筆を使って紙に何かを熱心に書きつけている。
と、その周りに人々が三々五々と出てくる。
彼らは以下の短歌を次々と詠む。

満　「亡き母の　呼ばぶ声かと思わるる　秋をしみじみ鳴く虫の音《ね》は」――。
オト　「幾《いく》たりの　主《あるじ》を喪《うし》なひ我れの掌《て》に　遊ぶ小鳥の次は誰《た》が掌《て》に」――。
千代治　「おどおどと　仲間外れの足萎《あしな》への　鳩も来よこよわが蒔《ま》く餌に」――。
イサヨ　「世をあとに　いま逝くわれに花びらを　降らすか門の若き枇杷《びわ》の木」――。
弘二　「静かなる　笑みをたたえて晴ればれと　いまわの水に写るわが顔」――。
義成　「明日の日を　ひたすら前に打ちつづく　鼓動を指に聴きつつ眠る」――。

短歌を詠み終わると、人々は舞台中央の男を見る。
男はゆっくり立ち上がる。
そして、右足を軽く引きずりながらその場を去る。
それを見送る人々。

満　これは俺の兄が獄中で作った歌だ。こんな歌をいくつも作って兄貴は刑場の露と消えた。
義成　一九六三年——翌年に東京オリンピックを控えたその年の春。
弘二　東京の下町の公園から一人の少年が消えた。
千代治　少年の名前は村越吉展《よしのぶ》ちゃん——四歳。
イサヨ　少年が姿を消した翌日、工務店を営む吉展ちゃんの家に電話がかかる。
オト　続けて九回——身代金の金額は五十万円。
満　警察は家族に犯人に従うように指示。母親が指定の場所に金を運ぶ。
義成　ここで犯人が捕まっていれば事件は簡単に終わっていたのかもしれない。
弘二　しかし、警察は様々なミスにより身代金を奪われたばかりか、犯人を取り逃がす。
千代治　失態の挽回を図り、警察は公開捜査を開始する。
イサヨ　事件発生から二十六日目、脅迫電話をかけてきた際の犯人の声をテレビとラジオで公開したのだ。
オト　一九六三年四月二十五日、その男の声は全国に流れた。
満　それは、世紀の祭典「東京オリンピック」の前の出来事——。

一九六四年の東京オリンピックの入場の際の実況中継が聞こえてくる。
天窓から強い光が舞台に差し込んでくる。
舞台上の人々の影がハッキリと顕れ、闇を際立たせる。
暗転。

1　あいつの声

一九六三年、春（四月の終わり）の夕刻。
東京の下町にある貧しい満の家。
妻の幸枝《さちえ》が洗濯物を畳んでいる。
妊娠中の幸枝はどこか不安げである。

幸枝　……。

そこへ満が新聞片手に帰ってくる。

幸枝　あ、お帰りなさい。
満　ああ――具合はいいのが。
幸枝　大丈夫。ちょっと休んだから。
満　……規子《のりこ》は？
幸枝　ちょっと用を頼んで、おばあちゃんと買い物に。
満　ほうが。
幸枝　で、どうだったの？

満　……。
幸枝　何よ、何とか言ってよ。話したんでしょ、警察の人に？
満　したよ。
幸枝　そしたら？
満　ああ。
幸枝　何よ「ああ」って。
満　話を聞くには聞いてくれただが。
幸枝　くれたが何よ。
満　年齢《とし》が違えってことだ。
幸枝　年齢？
満　刑事さんの話じゃ犯人は四十代から五十代の男らしい。だから兄貴とは年齢が違う、ど。
幸枝　ハハハハ。言った通りじゃない。
満　……。
幸枝　あんたが思うほど、兄さんは悪い人じゃないのよ。
満　……。
幸枝　だいたいあんなおとなしい人に子供をさらうなんてできるわけないわ。おかしいじゃない。犯人はお金を盗ってあっと言う間に逃げたんでしょ。そんなことがあの人にできるわけ――。
満　おめも「似でる」って言ったじゃねえが。
幸枝　けど、年齢が違うんでしょ。
満　声だけでなんで年齢がわかるんだッ。

幸枝　怒鳴らないでよ。
満　おめもテレビで流れたあいづの声を聞いたべ。「まつげえねえよ」「了見を起こすなよ」――あの東北訛りはどう聞いてもがあいづの口振りだ。
幸枝　訛りがあんのは兄さんだけじゃないでしょ。
満　俺だぢは兄弟だ。聞きゃあ区別はつく。
幸枝　毛嫌いしてずっと会ってなかったくせに。
満　何だ、幸枝《さぢえ》。お前、妙に野郎の肩を持づじゃねえか。
幸枝　別に肩持ってるわけじゃ――。
満　じゃあ、あいづが持ってだ金のごとはどう説明するんだ？　借金こしらえてぶらぶらしてる身分で、なんであんな大金をあいづが持ってたんだッ。
幸枝　そんなことあたしにはわかんないわよ。――あれ、これまだ乾いてないや。

と洗濯物を顔に押しつけたりする。

満　んなごとはどうでもいいんだッ。

と幸枝の畳んでいた洗濯物を投げ捨てる。

満　警察行った帰《けえ》りに会ってきた。
幸枝　え？
満　あいづだよ、保兄い。

幸枝　どこで？
満　あいづがシケ込んでる女ンとこだよ。
幸枝　三ノ輪《みのわ》の飲み屋の？
満　ああ。
幸枝　で、何て言ってた？
満　あの野郎、知らぬ存ぜぬを決め込みやがって。
幸枝　ならそれでいいじゃない。
満　……。
幸枝　満さん、仮にも保さんはあんたのお兄さんよ。
満　だったら何だよ。
幸枝　身内をそんなに悪く言うのはよくないわ。
満　身内《みうぢ》だから気にするんじゃねえか。
幸枝　だとしてもよ、頼むからよく考えて行動して。
満　何？
幸枝　万が一、保兄さんが犯人だったりしたら、あたしたちも大変なことになるってこと忘れないでね。
満　大変なことって何だ。
幸枝　ちゃんと考えて。子供さらってお金を盗った人間の身内が、世間様にどんな顔して生きてくことになるかを。
満　……。
幸枝　この子のことだってあるし——。

と腹を触る幸枝。

満　ほんじゃあ見逃せっつうのが。

幸枝　見逃すつもりならあんたが警察に行くの止めたわ。

満　……。

幸枝　あんたは思った通りに警察に通報した。それでいいじゃない。

満　……。

幸枝　このことを知ってるのは、今のところ、あたしたちだけ。

満　……。

幸枝　お願いだからこれ以上、事を荒立てるような真似はしないで。

満　ふざけんなッ。身内がとんでもねえ大罪犯して黙ってられるかッ。

と持っていた新聞を床に叩きつける。

と玄関先で「ただ今！」という幼い女の子の声。

幸枝　ハーイ――。

幸枝は洗濯物を持ってその場を去る。

舞台に残る満。

舞台の隅にオトが出てくる。

オト

満《みづる》は中原家の五男坊。そのすぐ上の兄が保だ。ふらふらしている保に比べて堅実な性格だが、ちょっと短気なところがある。若くして所帯を持ち、女房の幸枝と小学四年生の一人娘がいる。幸枝の言うこともももっともだ。世間を騒がす誘拐事件の犯人の声が自分の兄貴にそっくりだったとして、なしてそんなに騒ぎ立てる必要がある？　それは結局、満自身――いや、家族全体の首を締めるのと同じことだ。

オトはその場を去る。

2　中原　保

下町の片隅にある小料理屋。
保の愛人のキヨ子の店の二階の部屋。
同日の深夜。
近くの線路を電車が走る音。
お銚子を手に保が出てくる。
前にも書いたが、保は右足を軽く引き摺る。
保、チビチビと酒を飲む。

保　（飲んで）……。

と和服のキヨ子が部屋へ入ってくる。

保　お疲《づか》れさん。
キヨ子　あら珍しい。
保　何が。
キヨ子　あんたがそんな優しい言葉かけてくれるなんて。

保　ほうが。
キヨ子　そうよ。いつも仏頂面して止まり木で酒飲んでる男が。
保　へへ。
キヨ子　金回りがいいと機嫌もよくなるってわけ？
保　まあ、な。

保、手酌で飲む。

キヨ子　何の話？
保　あン？
キヨ子　弟の満さん。さっき、店に来てたじゃない。
保　ああ――。
キヨ子　お金のこと？
保　弟がら金借りるほど落ちぶれちゃいねえよ。
キヨ子　じゃあ何よ。
保　たいしたことじゃねえよ。
キヨ子　たいしたことねえにしちゃ深刻そうな顔してたけど。
保　俺が金回りがいいのが気に入らねえのよ。それに馬が合わねえんだよ、あいづとは昔から。
キヨ子　（怪訝そうに）……。
保　何だよ。
キヨ子　あんた、あたしに何かに隠し事してない？

保　何だよ、いきなり。
キヨ子　金回りがよくなってから何か違うから。
保　何が。
キヨ子　ガツガツしてない。
保　ガツガツ？
キヨ子　前は毎晩ほしがったくせに。
保　何を。
キヨ子　あたし――。（と自分のからだを触る）
保　……。
キヨ子　もっともその方がわたしは楽だけど。ふふ。
保　ここんとこ疲れてててな。ハハハハ。ほりゃ申し訳ない。

キヨ子、懐から布に包まれた金を出す。

キヨ子　これ、汚いお金じゃないのよね、ほんとに。
保　……。
キヨ子　輸入時計の商売で儲けたお金なのよね。
保　そうだよ。
キヨ子　……。
保　心配《しんぺえ》すんな。お前を悲しませるようなことはすてねえがら。
キヨ子　……。

保　んなことより、何日か店休めねえかな。

キヨ子　いいけど、どうして？

保　親父の具合がよぐねえがら今度、故郷《くに》さ帰《けえ》るきしてんだげど。

キヨ子　ええ。

保　見舞いがてらにお前もいっしょにどうかなって思ってよ。

キヨ子　……。

保　嫌なら無理にとは言わねえげどよ。

キヨ子　ううん、そんなことない。

と保の手を握るキヨ子。

キヨ子　嬉しいわ、とっても。

保　んじゃあ、日取りが決まったら頼むわ。

キヨ子、保に酌をする。

キヨ子　ねえ。

保　うん？

キヨ子　それってもしかして。

保　もしかして何だよ。

キヨ子　（照れて）……ううん、何でもない。

保　……。
キヨ子　あたしのこと、ちゃんと考えてくれてるんだ？
保　一応《いちおう》な。
キヨ子　一応はひどい。
保　ハハハハ。けど、いつまでもこんなンじゃアレだろう。
キヨ子　うん。
保　行ったごどねえだろう、福島。
キヨ子　ない。
保　ま、キレイはキレイだけんちょ、何もないド田舎だけどな。
キヨ子　でも、見てみたい。
保　ま、毎晩、酔っ払い相手に酌してるばかりじゃアレだしな。たまには田舎の空気を吸うのもいいもんだ。
キヨ子　いいの、ほんとに？
保　何が。
キヨ子　こんなオバさんで。
保　よぐねっきゃそんなこと言わねえよ。

キヨ子、保の肩を揉む。

キヨ子　お父さん、悪いの？
保　もう年齢《とし》だからな、仕方ねえよ。

キヨ子　実家はお兄さんが？
保　ああ。けど、一番上の兄貴はこっちさ（東京）にいるがら三番目の兄ちゃんがな。
キヨ子　そう。

保、立ち上がる。

保　ちょっと出てくる。
キヨ子　どこへ？
保　今日は汗かいたがら一風呂浴びてくる。
キヨ子　あ、タオル。
保　わがってる。布団、敷いといてくれ。
キヨ子　わかった。

保、行こうとする。

キヨ子　ターさん。
保　うん。
キヨ子　ありがとう。
保　……あ、それ（金）なぐさないでくれよ。

保、その場を去る。

キヨ子、金を帯の中にしまい、反対側に去る。
舞台の隅に千代治が出てくる。

千代治　その頃《ごろ》、保はこの女と付き合っていたらしい。下町にある小料理屋「清香」の女将《おかみ》。名前はキヨ子。年齢は保よりずいぶん上だ。いっつも金に困っていた保は、この女の店の二階でその日暮らしをしてたらしい。いつの世にもある年増の女と年下のだらしない男の腐れ縁――。満はそんな兄貴を快ぐ思っていなかった。

千代治はその場を去る。

3　三本指

都内にある工事現場近くの空き地。
近くでビルが建築中なのか、その建設音が聞こえる。
前景より二週間後の五月の昼間。
新聞を手に満が出てきて誰かを待つ。

満　（目当ての人を発見して）ここだッ。ここッ。

そこへ建設作業員の格好をした義成が汗を拭きながらやって来る。
中原家の長男。

義成　あんだ、誰がと思えばおめが。
満　久し振り。
義成　なした、こんなどこまでわざわざ。
満　まあ、ちょっと話したいことがあってな。
義成　ほうが。そりゃ大事《おおごと》だな。
満　まだ何も言ってねえげど。

義成　とんとご無沙汰のお前さんが昼日中に訪ねてきて、いい話のわげがねえ。
満　……大変だな、兄貴《あにぎ》も。
義成　あン？

と建設中のビルを見上げる。

満　何こさえてんだ。
義成　駐車場だよ、三階建ての。
満　へえ。
義成　んだげど、大変なぶん実入りはそんなに悪くねえ。それに来年はよその国の人たちがどっと日本にやって来るんだど。立派なもん作ってびっくりさせてやりてえじゃねえが。
満　時間、大丈夫か。
義成　今ちょうど休み時間だ。
満　そうか。じゃあ、ちょっとこっちに。

二人、人目を憚るように隅へ。

義成　何だ、嫁さんと喧嘩でもしたのが。
満　んなことでわざわざ来るが。
義成　じゃあいったい何だ。

満、新聞を義成に差し出す。

義成　(受け取り)……。

満　知ってるよな、その事件。

義成　何？

満　これだよ、この事件ッ。(と示す)

義成　知ってるよ、世を挙げてみんな大騒ぎしてるじゃねえが。

満　……。

義成　まったく世の中にゃひでえごとするヤツがいるもんだ。

満　そのひでえヤヅが知ってる人間だったらどうする？

義成　知ってる人間？

満　ヨシ兄《にい》はこの事件の犯人の声を聞いたか？

義成　声？

満　今、何度もテレビとラジオでやってるアレだ。

義成　聞いたよ、何度か。

満　誰かに似てると思わねえが。

義成　何が。

満　だからこの事件の誘拐犯人の声がだよッ。

義成　……さあ。

満　ほんとに心当たりがねえのが。

義成　……。

満　「まつげえねえよ」「了見起こすなよ」――。
成　何が言いてえんだよ。
満　あれはぜってえ、保の声だ。
義　保？
満　ああ。
成　……どこの保だ。
義　保は一人だッ。俺の兄貴でヨシ兄の弟。足引きずって歩く中原家の四男坊だッ。
満　……ちょっと待ってけろ。しかし、なんでまだそんなごと、いきなり――。
成　なんでも糞もねえッ。ぜってえにあれは保の声だッ。
義　……。
満　あれ聞いで俺はすぐに警察へ行った。
成　警察？
義　ああ。
満　しゃべったのか、警察に――保がこの事件の犯人だ、と？
成　ああ。
義　それで？
満　見立てと違うと言われた。
成　それはどういう――。
義　犯人は四十代から五十代の男だから、あの野郎じゃ若すぎる、と。
満　……。
成　しかし、声だけで年齢《とし》はわがらねえ。

カンカンと鉄の杭を打ち込む工事現場の音。

義成　しかし、しかしだよ、「声が似でる」ってだけでそんなごと。

満　もちろん、それだけじゃ俺も確信は持でなかった。んだけど、思い当たるフシが他にもあるんだ。

義成　どんな？

満　事件が起ごったのは三月の終わり。金が盗られたのは先月の七日だ。

義成　それがどうした？

満　どういう風の吹き回しが、あの野郎が七日の夜におらいの家さふらりと現れたんだ。

雨——。

基本舞台に保が「邪魔するよ」と言って入ってくる。

満の回想。

保　満ッ、いねえのがッ。

満、基本舞台に入る。

保　おーいだいだ。一人か？

満　何だ、いぎなり。

保　ちょっと近くを通りがかったんで、どうしてるかなって思ってよ。
満　……。
保　女房、子供は？
満　今日は野暮用で実家に戻ってる。
保　ついに愛想尽かされて逃げられたってわけか。ハハハハ。
満　チッ。そんなこと言える身分かよ。
保　いいのか、女房ほったらかしてゴロゴロしでて。
満　この雨じゃ現場仕事はでぎねえんだよ。
保　これ、土産だ。

とウィスキーの瓶を差し出す。

保　高けえんだぜ、これ。
満　(受け取って)……。
保　何だ、んな顔して。おかしいが、俺がこんなもん持って訪ねてくんのは。
満　まあ。
保　ま、お前にもいろいろど心配かげたから、その詫びの印だ。

と外でキヨ子の「ターさん、早くしないと遅れるよッ」という声。

保　あーわがったわがった。(満に)女、そこに待たせてでな。じゃあな。

満　ずいぶん羽振りがいいじゃねえか。ちょっと前までは借金取りに追いかけられて逃げまわってたくせに。

保　まあ、そう言うな。

保、行こうとして立ち止まる。

保　実《じつ》はな、時計の密輸で儲けだのよ。

と右手の指を三本出して、懐をポンポンと叩く。

満　……。

保　女房子供によろしくな。

とその場を去る保。

義成　……。

雨の音、消える。

満、元の場所に戻ってくる。

満　どう思う?

義成　どうって？
満　見たろ、今、あいつをッ。おがしくねえが。
義成　まあ。
満　「実はな、時計の密輪で儲げたのよ」——。

と保の真似をして右手の指を三本出して、懐をポンポンと叩く。

義成　んだがら何だ。
満　金だよ、金ッ。あの野郎はここ（懐）にたんまりと金を持ってだってことよッ。指をこう（三本）出したってことは、たぶん三十万。
義成　……。
満　いったいそんな大金がどっから出てきたっつうんだ？
義成　時計の密輪で儲げたって言ってたじゃねえか。
満　そんなの大嘘に決まってる。
義成　つまり、その金は——。
満　そう、子供の親から奪《と》った金にちげえねえ。
義成　……。
満　これでわかったっぺ。俺が血相変えて兄貴を訪ねた訳《わげ》が。
義成　本人には——保の野郎には会ったのが。
満　ああ、警察に行ったその足で。
義成　で、なんて言ってる？

満　知らぬ存ぜぬでいげしゃあしゃあとトボけてやがる。

義成　ふーむ。

満　なじょしたらいい？

義成　いぎなりそう言われてもなあ。それにお前が言うように保がほんとにアレしたって決まったわけじゃねえんだし。

満　いんや、俺にはピンと来る。これはヤツの仕業だ。

義成　ともかく――ともかく事をそう急《せ》ぐな。

満　……。

義成　仕事が終わったら連絡する。いいが、このことは誰にもしゃべんなよ。

満　……。

義成　いいな。

満　わがったよ。

満、その場を去る。
舞台に残る義成。
と舞台隅にイサヨが出てくる。

イサヨ　義成は中原家の長男。本来、福島の農家を継ぐのは義成だが、それを厭《いと》い、故郷《こきょう》を捨てで東京に出てもう長い。仕事は建設業。現場監督として働いている。妻と年頃の息子、娘が二人。満とは歳が二十も違《つが》う。わたしたちは全部で七人兄弟。父は末八、母はトヨ。この時代《じでえ》、特《とぐ》に田舎では結婚した夫婦はたくさんの子供を作った。国を豊かにするには、まずたくさんの子が必要だと信じられていたがら。

イサヨはその場を去る。

4　福島へ

福島の田舎にある一軒家。
保の実家の土間付近。五月半ばの昼。
飼っている犬が吠えている。
野良着の千代治が戻ってくる。

千代治　帰《けえ》ったぞッ。

妻のサクエがエプロン姿で出てくる。

サクエ　あら、おがえり。保さんに会った？
千代治　ああ、今、そごで。
サクエ　女の人にも？
千代治　ああ。
サクエ　二人《ふだり》でちょっとぶらぶらしてくるって。
千代治　会ったのが、親父とお袋に？
サクエ　ええ、ちょっと前に。

千代治　ほうが。
サクエ　二人とも、すごく喜んでだわよ。
千代治　……。
サクエ　これ、いだだきました。

と封筒（金）を差し出すサクエ。

千代治　（受け取り）何だ、これ。
サクエ　お見舞いよ。お礼、ちゃんと言ってくださいね。
千代治　（中身を見て）……。
サクエ　あ、カステラもいただきました。食べますか。
千代治　んにゃ、今はいい。
サクエ　何よ、そんな顔して。久し振りに弟《おどうど》が帰ってきたってのに。
千代治　……。
サクエ　まあ、あんだの気持ぢもわからなぐはないげど。
千代治　何だ、俺の気持ぢって。
サクエ　「人の気も知らないでいい気なもんだ」――。
千代治　……。
サクエ　そりゃ気分よぐないでしょう。故郷《くに》を捨てて東京で遊び暮らしてる弟が派手な女連れで帰ってきたら。
千代治　ぜえくれ、かだってんなッ。（見透かしたようなこと言うな）

サクエ　ごめんなさい。
千代治　親父の面倒もみんな俺だぢが見でるんだ。こんぐらい（金）持ってきて当たりめだっぺ。
サクエ　あ――。（と正面を見る）

千代治もその方向を見る。

サクエ　二人が、こっぢ見てる。ほら、川向こう。
千代治　……。
サクエ　少しは愛想よぐしてよ。はるばるお見舞いに来てくれてんだから。

笑顔で二人に手を振るサクエ。
そこへイサヨとオトがやって来る。
中原家の長女と次女である。
イサヨは和装、オトは洋装である。
イサヨはちょっとふらついている。

オト　あら、おがえりなさい。ご無沙汰してますう。
千代治　なじょした、姉さん。
オト　いづものこどよ。年がら年中、頭が痛いって。
千代治　でえじょぶか。
イサヨ　……。

サクエ　お水でも飲みますか。
イサヨ　ごめん、頼むな。

サクエ、その場を去る。

オト　あら、保《たもつ》さんたちがあそごに。

と正面を見て手を振るオト。

イサヨ　手なんか振っごとないわよ。
オト　可哀相じゃない、向こうも手振ってんだから。
イサヨ　（千代治に）もう会っだの、あの女に？
千代治　ああ、さっきぎそごで。
イサヨ　どう思う？
千代治　どう思うって言われでもなあ。
イサヨ　……。
千代治　あんだよ、姉さんは気にいらねえてが。
イサヨ　当だりめだっぺ。飲み屋の女で、ほの上あんなババア。
オト　ほだこと言って。
イサヨ　ハッキリ言ってやった方がいいのよ、こういうこどは。
オト　別に姉さんが結婚するわけじゃないでしょ。

イサヨ　保も保でなしてあんなのどひっつくがねえ、ほんと。
オト　さっきと態度が全然違う。ハハハハ。
イサヨ　お父さんとお母さんの前でそんなこと言ったら悪いがらよ。

サクエが水を持ってくる。

イサヨ　ありがどう。（と飲む）
オト　見で見でッ。
イサヨ　何？
オト　ホラ、あれ。

と正面を示す。

オト　水遊びなんかして。なんが幸せそう。

オト、二人に手を振る。

イサヨ　今だげよ今だげ。ほのうぢ保に若げえ女ができてすぐにポイよ。

イサヨ、笑顔で手を振る。

オト　まったぐ相変わらず口が悪いんだから、姉さんは。
イサヨ　千代治。
千代治　あんだよ。
イサヨ　忘れねえでな、あんたは中原の跡取《あとど》りなんだからね。
千代治　んだから何だっつうの。
イサヨ　ダメなものはダメってハッキリ言っていいんだがらね。
千代治　俺が結婚するわけじゃねえだろ。
イサヨ　お前は何もわがってないねえ。
千代治　何を。
イサヨ　あの二人がうまくいぐはずないっぺ。ほんなら、チヤホヤしないで最初にバシッと言ってあげた方が本人のためなの。
千代治　んなこと言われてもなあ。
イサヨ　まったくお前はそうやっていっづもウジウジしてッ。
サクエ　まあ、こんなとこで兄弟喧嘩もアレだから、カステラいただきましょうよ、向こうで。お茶淹れますから。
イサヨ　で、いぐらもらったの？

千代治、持っていた封筒を隠す。

イサヨ　いいじゃないい、教えでよ。
千代治　ほんなことより、とうちゃんとかあちゃんに孝行しろよ。せっかくこうして兄弟が集《あつ》まったんだから。

イサヨ　してるじゃない、こうして。保の女の顔見せにわざわざやって来て。

オト　あの子《ご》、父さんに贈り物。トランジスタ・ラズオだって。

千代治　ほう。

イサヨ　ちょっと感心、頼りない弟だと思ってたげど、案外しっかりしてて。

オト　で、いぐらもらったの？

千代治　変わりないがい？

オト　まあね。

千代治　旦那さんは元気がい。

オト　お陰様で。

サクエ　その節は本当にお世話に。

オト　いいのよ、気にしないで。あの人、お金は持ってんだから。

イサヨ　んで、いぐらもらったの？

千代治　しづっごいよ、姉さん。

イサヨ　……。

オト　さ、姉さん。あっぢでカステラいただぎましょう。

イサヨ　あーなんでこの家の男めらはわだしをこうもイライラさせるのがしらッ。

　　イサヨとオトはその場を去る。
　　舞台に残る千代治とサクエ。

サクエ　ねえ、千代さん。
千代治　あん。
サクエ　ずっと聞ぎそびれてだんだけど。
千代治　ああ。
サクエ　何があっだの、東京で？
千代治　何だいぎなり。
サクエ　だって最近、何かあやすいがら。
千代治　……。
サクエ　ヨシ兄さんから連絡があっだんでしょ、電報で。
千代治　……。
サクエ　あっぢ（東京）で何か問題でも？
千代治　……親父のことだよ。
サクエ　お父《どう》さん？
千代治　親父が死んだ後のごと、心配《しんぺえ》してんだべした、相続とか。
サクエ　財産なんかあんの？
千代治　いろいろあんだってば、他《ほが》にも。
サクエ　……。
千代治　心配すんな。おめには関係ねえごとなんだから。
サクエ　保さんって何やってんの？
千代治　何って？
サクエ　仕事よ、東京でやってる。

千代治　時計の修理だと聞いでるげど。
サクエ　へえ。時計の修理はずいぶん儲かる仕事なんだない。

と奥へ去るサクエ。
舞台に残る千代治。
舞台隅に満が出てくる。

満　中原家の三男、千代治。一度は他の兄弟同様、東京へ出だが、父親に説得されて故郷の福島の農家を継ぐこととなった。「貧乏くじを引いた」と思っているかどうかは本人に聞かないとわからないが、病に伏せる父の面倒を見ながら中原の家を守っているのはこの男だ。イサヨは中原家の長女、オトは次女。イサヨは夫と死別して今は独り身、オトは地元の事業家と結婚して幸せな結婚生活を送っている。

満はその場を去る。

5　インタビュー後

三ノ輪の小料理屋の二階の部屋。
五月の半ばの夜。
保とキヨ子が福島から戻ってすぐ。
その日、ラジオ局の記者が保に単独インタビューをした。
その直後。
雷雨。激しく雨が降っている。
キヨ子がもらった名刺を見ている。

キヨ子　……。

そこに保がやって来る。

保　悪がったな、遅くまで。
キヨ子　そんなことないけど。
保　これ、お礼だ——店を使わせてもらった。

と金の入った封筒をキヨ子に渡す。

キヨ子　そんなの、いいのに。
保　もらっとけよ、向こうが置いてったんだ。
キヨ子　（受け取り）……。
キヨ子　すかし、あいづら何様なんだよ。人のこと根ほり葉ほり。
保　嫌なら受けなきゃいいのに。
キヨ子　そうはいぐかよ。下手に断って余計なこと書かれて迷惑すんのはこっちだぜ。
保　……。
キヨ子　ハハハハ。んでもよ、ちょっとした大物だよな、俺も。
保　……。
キヨ子　生まれて初めてだよ、ラジオ局のヤヅらにインタビューなんて。
保　……無理してる。
キヨ子　何？
保　無理して明るく振る舞ってる。
キヨ子　そんなごと（ねえ）――。
保　ターさんのこと、世の中で一番知ってるの、あたしだもの。
キヨ子　何だよ。まさかおめ、あいづらが言うこと真に受けてるわけじゃねえだろうな。
保　ターさん、気を悪くしないで聞いてよ。
キヨ子　ああ。
保　福島に帰ってたのよね、事件が起こった日は？

保　……そうだよ。
キヨ子　何日から何日まで？
保　「刑事さん、俺がやったんじゃないですよ！」
キヨ子　ふざけないで、ちゃんと答えてッ。
保　三月のまづから四月の頭までだ。
キヨ子　それはほんとなのね。
保　ほんとだってば。
キヨ子　向こうで誰かに会ったりしなかったの？
保　家の近くで従兄《いとこ》に会ったよ。
キヨ子　その人の名前は？
保　いいじゃねえか、んなこと。
キヨ子　よくないわ。そういうことときちんと説明しないととんでもないことに――。
保　いい加減にしろでばッ。

と座卓を叩く保。

キヨ子　……。
保　すまねえ。

雨――。

保　信じてくれよ、キヨさん。

キヨ子　……。

保　周りのヤヅらが何て言ってこようが、俺はそんなごとしてねえんだから。

キヨ子　もちろん信じてるわ。けど、あんたの声がテレビの声に似てるって言ってるのはあの人たちだけじゃない。

保　……。

キヨ子　だから、自分の身の潔白をちゃんとしないと、大変なことになるような気がして。

保　……。

キヨ子　あたしね、凄く嬉しかった。

保　え？

キヨ子　ターさんが故郷へ連れてってくれて。

保　……。

キヨ子　あたし、ずっと男運がなくて。

保　……。

キヨ子　惚れる男はいっつもろくでなしばかり。

保　……。

キヨ子　だから、ターさんとのこと、こんなことでダメにしたくないの。

保　……。

キヨ子　ただ心配してるの、あんたの身の上を。

保　……。

キヨ子　だから、あたしにだけは本当のこと言ってね。

保　言ってるさ、本当のことを。
キヨ子　……。
保　心配《しんぺえ》かけてすまねえな。

とキヨ子の手を握る保。

キヨ子　……。
保　福島で川遊びした時も言ったっぺ。
キヨ子　……。
保　キヨさんは俺の一番の理解者《りがいしゃ》だって。
キヨ子　わかってる。けど、ただ――ちょっと怖いだけ。

と保に身を預けるキヨ子。

保　さ、しんき臭え話はここまで。ちょっと何かこせえでくれっか。
キヨ子　お腹減ってるの?
保　ああ、ぺこぺこ。
キヨ子　……馬鹿ッ。(と叩く)
保　痛ッ。何すんだよッ。
キヨ子　あたしを心配させた罰ッ。
保　……。

キヨ子　まったく世話がかかるんだから。——何かあったかしら。

雷の音。

キヨ子　ほんと、よく降るわねえ。ラジオ局の人たち、びしょ濡れよ、きっと。

と行こうとするキヨ子。

保　キヨさん。
キヨ子　うん。
保　預けた金のごとだけど。
キヨ子　それが何？
保　俺から預がったってことは誰にも言わねえでくれっかな。
キヨ子　……。
保　こういう状況だ。妙な勘ぐりされたくねえ。痛くもねえ腹、さぐられたくねえべした。
キヨ子　(うなずく)
保　すまねえな。

キヨ子、その場を去る。
舞台に残る保。
舞台隅に義成が出てくる。

義成

保の足のこと。保は小学四年生の時、アガギレの傷から黴菌が入ったことが元で骨髄炎を発症し、手術したものの左の股関節と右足首に障害が残《のこ》った。それ以来、保は普通に歩くことができなくなった。不運と言えば不運だが、そんな不自由なからだの状態が、あいづの心にも大きな影を落としたのかもしれねえ。

義成はその場を去る。

6　別件逮捕

前景から十日くらい後の満の家。
五月の終わり。
幸枝が義成を家の中へ招き入れる。

幸枝　ご苦労様でした。どうぞ、どうぞ。汚いとこですけど。
義成　どうも、お邪魔します。
幸枝　さあ、座ってください。今、お茶淹れますから。
義成　大事《でえじ》なからだだ。そんな気を使わないでください。
幸枝　大丈夫ですよ。まだ、そんな時分じゃないですから。満さんもすぐ。今、そこの駅まで福島のお兄さん迎えに。
義成　はあ。
幸枝　で、どうなんですか、保さん。
義成　はあ。
幸枝　まだ警察に？
義成　そうです。
幸枝　しかし、なんでまたそんなことに――。

そこへ「ごめんください」というキヨ子の声。

幸枝　ハーイ。どうぞ、入ってください。

やって来るキヨ子。

キヨ子　キヨ子です。初めまして。
幸枝　幸枝と申します。
キヨ子　あ——これ、どうぞ。

と手土産を渡す。

幸枝　これはこれは、ご丁寧に。
キヨ子　温かいうちにどうぞ。タイ焼きですから。
義成　……。
キヨ子　あら、お嫌い、タイ焼き?
義成　いや、ほうでねくて。
キヨ子　何ですか。
義成　タイ焼き、食べて話すようなことじゃないが、と。
幸枝　いいじゃないですか、そんなこと。どんなに困っても、お腹は減るんだから。

とそこへ満がやって来る。
続いて千代治が部屋へ入ってくる。
千代治は大きな風呂敷を持っている。

幸枝　あ、いらっしゃい。長旅、お疲れ様でした。お茶、すぐ淹れますから。
千代治　すんません、土産も持だずに手ぶらで来て。
幸枝　男兄弟だもの。そんな気遣いは無用です。
満　待たせたがな。
義成　いや、今来たどこだ。
満　まあ、座ってくれよ。
千代治　どうも、ご無沙汰でした。
義成　ああ、ご苦労《ぐろう》だったな。
キヨ子　その節はいろいろお世話に。

とお辞儀するキヨ子。

幸枝　タイ焼きいただいたのよ。
満　何？
幸枝　タイ焼きよ、キヨ子さんから。
満　……。

キヨ子　タイ焼き、食べて話すようなことじゃないですよね——すいません。
千代治　……で、保は？
義成　うむ。今、警察に。
千代治　なんでほだごどに？
義成　横領ってことだげどな。
千代治　横領？
義成　預かった時計の代金を先方に払わなかったってごとだ。
千代治　ほんなごどで？
満　別件逮捕つうヤヅだ。そうに決まってる。警察も兄貴を疑ってんだ。
千代治　んで？
義成　この人（キヨ子）と二人で警察へ。示談金を払って出してもらう算段を。
千代治　出してもらえんのが。
義成　たぶん。けど——。
千代治　けど何だ。
義成　いや。
千代治　いやって何だ。
満　あいづが子供の事件のことを認めたら一生出れねえつうごとだ。
千代治　……。

幸枝が人々に茶を出す。

義成　みんな、ご苦労様。こうして集まってもらったのは他でもない。保のことを身内で話しておいた方がいいと思ったからだ。

人々、それぞれに茶を飲む。

義成　本当なら次男の弘二もここにいるべきだが、あいづはここへは来れねえ。

千代治　(手を挙げる)

義成　何だ。

千代治　タイ焼きもらっていいがい。

義成　……。

とタイ焼きを差し出すキヨ子。

千代治　すんません。何《なん》も食ってないもんで。

キヨ子　どうぞ、たくさん食べて。

タイ焼きを食べる千代治。

義成　みんな知《す》っての通り、何日か前に保が警察に逮捕された。容疑はさっき言った通りだ。

人々　……。

義成　だが、満が言う通り、それは別件逮捕で、本当はあいづから誘拐事件のことを聞き出すた

人々　めのアレがもしれねえ。
義成　……。
人々　あいづが事件《ずけん》に関わってるにせよ、そうでねえにせよ、今日はあいづに関する情報をまとめたい。
義成　……。
キヨ子　ええ。
満　この人（キヨ子）が言うには、あいつは犯人じゃねえとのごとだ。だよな？
キヨ子　ほんじゃあ聞くが、その根拠は何だ。
千代治　あの人は事件が起こった日に東京にはいなかったたって。
キヨ子　どごさいだの？
千代治　福島です。
キヨ子　福島で何すてだってかだってんだ？
満　実家を訪ねようと思ったけど、結局、そうしなかったたって。
　　そんな馬鹿な話があるかッ。わざわざ福島まで行って、なーんで、何もしないで帰ってきたつうんだッ。
義成　満、声がでけえぞ。
満　ほんじゃあ、テレビで流れたあの声はどうだ。あれはどう聞いてもあの野郎の声じゃねえかッ。
キヨ子　……。
義成　おめはどう思う？
千代治　何が。

義成　テレビの声だ。あれは保の声だと思うが？
千代治　いんやあ、何とも。
義成　似でねえ、と？
千代治　似でるど言えば似でるし、似てねえど言えば似でねえし。
義成　……。
満　金の件はどうなんだ。あいづが事件の後、大金を持ってた訳《わげ》は？
千代治　いぐら持ってたんだ？
満　三十万。
千代治　なんでそんなごどおめが知ってんだ？
満　俺ンとこ訪ねてぎて、こうやって見せたがらだ。

と指を三本出して懐を叩く。

満　あいづは密輪時計で儲げたどが言ってだげど、ほんなの大嘘だ。
キヨ子　……。
満　俺が調べた限りでは、あいづはほの金で今までの借金をきれいに返してる。

タイ焼きを食べる千代治。

幸枝　あの、一ついいですか？
義成　あん。

幸枝　みなさんは奪られたお金の額、知ってますか。
義成　奪られた金か？
幸枝　ええ。
千代治　五十万だろう。新聞にそう。
幸枝　そうです。
満　だから何だ。
幸枝　額が合わないじゃないですか、それだと。

黙ってしまう人々。

キヨ子　あの。
義成　ああ。
キヨ子　あの人が三十万持ってたってのは本当なんですか。
義成　何とも。んだけど、こいづ（満）が言うにはほういう風にほのめがしたらしい。だべ？
満　ああ。
キヨ子　……。
義成　何だ、何が思い当だる節でもあんの？
キヨ子　まあ。
義成　まあって何だ。
キヨ子　あの人からお金を預かりました、事件の後――。
満　なんぼだ。

キヨ子　（小声で）二十万。

満　何？

キヨ子　二十万円。

びっくりする人々。

義成　つまり――。

キヨ子　……。

満　言った通りだべッ。三十万に加えて二十万――合計五十万だ。

人々　……。

満　これで決まったなッ。犯人はやっぱり保のやづだったんだッ。

義成　せずねッ。（静かにしろ）

タイ焼きを食べる千代治。

満、キヨ子の手を取って立つ。

満　行くべ。

キヨ子　え？

満　その話を警察でしゃべってくいろッ。

キヨ子　……。

満　その話を警察にすれば、あいづのクロは決まったも同然だッ。

幸枝　待ってッ。みんなの意見も聞かないで勝手なことしないでくださいッ。
満　おめも聞いたろう。あいづは五十万持ってたんだッ。
幸枝　お願いだから早まらないでッ。
満　放せッ。
義成　幸枝さんの言う通りだ。まだ話は終わってねえ。――座れ。
満　んだけど――。
義成　いいがらッ。

満、キヨ子の手を放す。

義成　（キヨ子に）すまねえ。
キヨ子　いえ――。
義成　あいづから二十万、預がってるのは本当なんだべな？
キヨ子　（うなずく）
義成　その金はどこに？
キヨ子　お店の部屋の箪笥に。

黙ってしまう人々。

千代治　ちんといいが。
義成　タイ焼きが食いてえなら勝手に食え。

千代治　ほんでねくて――。

義成　ほんでねくて何だ。

千代治　考えだんだが、みんなの話をまどめるどこういうことでいいんだどな。

義成　だから何だ。

千代治　一づは公開《こうがい》された声。これは似でるという人もいるし、そうでねえという人もいる。だから声が保だとは言い切れねえ。んだよな？

義成　……ああ。

千代治　もう一づはアリバイ。あいづは事が起こった時に福島にいだどしゃべってる。ほれは保がそう言ってるだけで誰もそれを証明できねえ。本当《ほんどう》ならあいづは犯人じゃねえし、嘘なら犯人かもしれねえ。だよな？

幸枝　そうですね。

千代治　もう一づは金。あいつは合計五十万の大金を持っていだ。あいづの言い分が本当なら、商売で儲げた金だし、そうでねえなら子供の親から奪った金かもしれねえ。だよな？

義成　ほの通りだ。

千代治　……。

義成　んだがら何が言いでえんだ？

千代治　いや、なんつうが――。

幸枝　どれもこれも決定的な証拠にはならないってことでしょ？

千代治　ほだ。

満　ハハハハ。おめら頭おがしいんでねえの。あんたらは、これだけいろんな証拠があんのに野郎が犯人じゃねえって言うのかッ。

黙ってしまう人々。

満　何黙ってんだッ。ヨシ兄さん、何とか言ったらいいっぺよ。
義成　みんなの言う通りだ。
満　……。
義成　これだけのことであいづを犯人とは言い切れん。
満　馬鹿――馬鹿こくでねえッ。こんなに怪しいのにヤヅが犯人じゃねえってか。
義成　ほんなごどは言ってねえ。だけど、ほうじゃねえってごどもあるべ。
満　……。

黙ってしまう人々。

幸枝　一つ言わせてください。

人々、幸枝に注目する。

幸枝　差し出がましいかもしれませんけど。
義成　何だ。
幸枝　みなさん、よく考えてください。万が一、保さんが犯人だった時のことを。
人々　……?

幸枝　保さんのことじゃありません。わたしたちのことです。
千代治　わたしたぢ？
幸枝　そうです、わたしたちです。
人々　（顔を見合わせて）……。
幸枝　この人にも何度も言いました。けど、この人はそんなことお構いなしにどんどんどんどん突き進んで。
満　……。
幸枝　もしも保さんが犯人なら、わたしたちはその家族ってことです。
義成　……。
幸枝　世間様はそんなわたしたちを簡単には許してくれないと。
千代治　……。
幸枝　だから忘れないでください。そうなったら、わたしたちも今まで通りの暮らしができなくなるってことを。
キヨ子　……。
幸枝　わたしたちだけじゃありません。
満　……。
幸枝　子供たちのことも考えてください。

黙ってしまう人々。

満、立ち上がる。

満　行ってくる。

それを止める義成と千代治。

満　何だ、何するんだッ。（と抵抗する）
千代治　あわでんな。頼むがらッ。
満　放せッ放せッ。
義成　いいがら、落ち着けッ。

二人で満を組み伏せる。

満　いったい何なんだッ。
義成　ほいづはこっちの台詞だッ。満ッ。
満　何だよッ。
義成　よそ様ならまだしも、保は俺たちの身内《みうち》だッ。
満　んだから何だッ。
義成　おめにはあいづを庇ってやろうって気持ちはねえのかッ。
満　ハハハハ。ふざけんなッ。身内だから罪を見逃せっつうのがッ。
義成　見逃せとは言ってねえ。ただ、事を急《せ》ぐなと言ってるだげだ。
満　……。
義成　幸枝さんの言うことにもちっとは耳を貸せッ。

満　……。

と玄関先で「ただ今ッ」という幼い女の子の声がする。

義成　規子ちゃんか。
幸枝　ええ。
義成　挨拶はいいがら、こっちには連れてこねでくれ。
幸枝　わかりました。

とその場を去る幸枝。

義成　だいたい話はわがった。ちっと頭冷やすべ。今日はここまでにしよう。
満　けど――。
義成　子供に聞かせられる話じゃねえっぺ。
満　わかったよ。

とその場を去る満。

義成　まぶっておげ。(見張っておけ)
千代治　え？
義成　あいづが勝手に警察に駆け込まねえよう。

千代治　ああ――。

と満を追う千代治。
キヨ子、それに続いて行こうとする。

義成　キヨ子さん。
キヨ子　ハイ。
義成　ここに来る途中、あんだは俺に言ったよな。
キヨ子　何を。
義成　保は犯人じゃねえと。
キヨ子　ええ。
義成　今もその意見《いげん》に変わりはねえがい。
キヨ子　……。
義成　うんにゃ――いい。今日はお疲れさん。また連絡する。

キヨ子は残ったタイ焼きを持って去る。
舞台に残る義成。
と舞台隅にオトが出てくる。

オト　犯罪は毎日どこかで起こっている――小さなものから大きなものまで。それがどのくらいの数になるのかわたしにはわからねえが、大抵は自分とは関係ねえ他人事に過ぎない。けれど、その一づ一づの犯罪の後ろには、被害にあった人の家族だけではなく、罪を犯した側の人の家族もいる。一づの犯罪の後ろにはたくさんの人間がいる。

オトはその場を去る。

7 追及

上野警察署の一室。
翌日の午後。
椅子が二脚。
片方の椅子に満が座っている。
衝立の向こうに刑事がいるという体《てい》。
そこへ保がやって来る。

保　ヨオ。わざわざすまねえな。
満　……。
保　高えウィスキーはお口に合いましだか？　ふふふふ。
満　(睨んで) ……。
保　ほんな顔すんな。
満　……。
保　キヨさんもいっしょが。
満　ああ、あっぢ (部屋の外) に。
保　そうが。「心配《しんぺぇ》かけてすまねえ」と伝えといてぐれ。

満　……。
保　で、何だ。
満　……。
保　ハハハハ。何黙ってる。話があるからここへ来たんだべ。
満　金のごとはみんな刑事さんにしゃべってきた。
保　金？
満　あんたが全部で五十万持ってだっつうごどだ。
保　……んだが。
満　俺が訊きてえのは、どこでその金を手に入れたか、だ。
保　「四月七日の夜、品川《すながわ》自動車前の道で子供の親から奪った金だ」——。
満　……。
保　ほう言えば満足か？
満　……。
保　ハハハハ。ほんじゃ何が。おめは、五十万の金を持ってるヤヅはみんな誘拐犯人だとでも
　　言うのが。
満　もう一度訊く。どこで手に入れた？
保　ほいづは——言えねえな。
満　なんで？
保　金を払った先方に迷惑がかかるからだ。
満　先方って誰だ。
保　何度も言わせせんな。言えねえって言ってんだろう。

満　……。

衝立の向こうで刑事が咳払いする。

満　じゃあ、もう一づ。
保　ああ。
満　事件のあった日、福島へ行ってて東京にはいなかったんだよな。
保　そうだ。
満　福島に帰《けえ》って、どこで何をしてだ？
保　詳しいことはみんな刑事さんにしゃべったよ。
満　もう一度しゃべってくれ。
保　……。
満　どこで寝泊まりしで、何を食べでどこで誰に会ったか？
保　……。
満　千代兄さんも今、東京に来てる。だから、そういうことしゃべってくれれば、協力もしてぐれる。
保　こっちさ来てんのか、わざわざ福島から？
満　ああ、ヨシ兄さんも心配《しんぺえ》してる。
保　兄弟会議ってわげだ。
満　だから、しゃべってくれ、福島で何をしでたか――。
保　ずいぶん前《めえ》のことだ。細けえことは覚えちゃいねえよ。

満　思い出せよ、どんな小せえことでもッ。

保　ずいぶんご親切だが、結局、お前は俺を助けるためじゃなく、犯人にしたいからそんなに熱ぐなってんだろう。

満　……。

保　図星か？　ふふふふ。

満　ふざけんなッ。犯人じゃなげればどんなにいいか――。

と立ち上がる満。
衝立の向こうで刑事の咳払い。

満　この前《めえ》、子供の家に行った。

保　何？

満　吉展ちゃんの家だ、あんだが誘拐した。

保　家族に会ってきたっでが？

満　うんにゃ。とてもそんなごと――んだけど、家の前まで行ったんだ。

保　ほんで？

満　吉展ちゃんのお母さんが出てきた。……まるで幽霊だ。

保　……。

満　俺も規子を奪《と》られたら、ああなるにちげえねえ。

保　……。

満　親御さんの気持ちを考えたことあんのか。

保　……。
満　子供をどこにやっだ？
保　……。
満　どこにやったんだッ。

保、微かに動揺する。

保　……俺が知るわけねえだろう。

間。

保　ふふふふ。
満　何だ。
保　身内にも刑事がいるとは思ってなかっだよ。
満　……。
保　満、覚えでっが。
満　……？
保　俺が中学ン時に学校で煙草吸って停学になった時のごと。
満　……。
保　あン時もおめが先生にチクって俺は停学になったんだよな。
満　……。

保　昔からお前は好ぎなんだな、身内をチクって優等生ぶんのが。
満　……。
保　他《ほが》に話はなさそうだな。

保、立ち上がる。

保　すんません、刑事さん。終わりました。ありがどごぜえました。

と見えない刑事にお辞儀する保。
満、その場を去ろうとする。

保　満――。
満　……。
保　兄貴たちによろしぐな。

満、その場を去る。
舞台に残る保。
舞台の隅に千代治が出てくる。

千代治　状況は保に不利だった。一づ、犯人の声とよく似ているごと。一づ、事件の後、保は身代金と同額の金を持っていたこと。一づ、福島にいたというアリバイがハッキリしないごと。

逆に有利な条件もあった。犯人の声にしては若すぎるごと。刑事の張り込む中、身の代金をすばやく奪うには保の足では理に適わないごと。警察が逮捕に踏み切るには保自身の自白を得るしか手立てがないのだった。

千代治はその場を去る。

8　女たち

同じ頃。
福島の千代治の家の裏の田圃道。
夜——。
蛙の鳴き声。
サクエがイサヨとともにやって来る。

イサヨ　なしたの、こんなどこで。
サクエ　ごめんねえ。んだけど、やっぱりお姉さんの耳には入れておごうと思って。
イサヨ　え、ほれ何の話？
サクエ　ええ。
イサヨ　さでは、旦那が東京さ行ってるごどと関係あんな？
サクエ　（うなずく）
イサヨ　え、嘘こぐでねえ。まったぐほういうタイプには見えねえんだげど。
サクエ　ハイ？
イサヨ　なじょしたの、コレ（小指）？　コレができたの、あの堅物に？
サクエ　ちがうでば。

イサヨ　ほんじゃなんだって。

そこへオトがやって来る。

オト　なんしてんだ、こんなとこで。話《はなす》があるなら家ですればいいっぺよ。
サクエ　家だとちょっとお母さんが気になるから。
オト　何、またお金の話？
サクエ　うんにゃ。
オト　じゃあ何。
サクエ　……。

と黙り込むサクエ。

イサヨ　何よ、サクエさん。もったいつけずに言ってみで。気になるっぺよ。
サクエ　保さんのごとです、東京の。
イサヨ　保？　保がどうかしたの？
オト　嘘こぐでねッ。祝言が決まったどか。ホラ、この前連れてぎたあの女の人と？
サクエ　そんなおめでたい話じゃないんです。
イサヨ　じゃあ何。
サクエ　お姉さんたぢも知ってますよね、東京の下町で起こった誘拐事件のこと。
イサヨ　誘拐事件？

オト　ああ――吉展ちゃんの？
サクエ　そうです。未だに犯人が捕まってないアレです。
イサヨ　ほれが何。
サクエ　いいですか、腰抜かさねえで聞いてください。
イサヨ　ええ。
サクエ　あの事件の犯人が保さんらしいんです。
イサヨ　……何？
サクエ　ですから、子供をアレした犯人が保さんの疑いが。
イサヨ　……何？
サクエ　（泣く）
イサヨ　なんで泣いてんのよッ。
オト　どどどういうごとよ、それッ。
イサヨ　もぢろん、まだ保さんがアレと決まったわけじゃありません。んだけど、その疑いがあるって。
イサヨ　ちょっと待って。いったい誰がそんな話――。
サクエ　千代治さんが。
オト　……。
サクエ　千代治さんが東京へ行っだのは、お父さんのごとじゃありません。そのことでヨシ兄さんに呼び出されて。
二人　……。
サクエ　姉さんたちには言うなって口止めされてたんですけど、ずっと黙ってることできなくて。

二人　……。
サクエ　もぢろん、そうと決まったわげではなぐて。んだけど、これだけはお耳に入れておごうと思って。
オト　にしても、なんでほんなごどに――。
サクエ　詳しいごとは何も。
オト　……。
イサヨ　ハハハハ。何かの間違《まつが》いよ、ほんなの。ほんなごどあるわげないべ。
サクエ　……。
オト　……。
イサヨ　何、二人ども。あんたも知ってるでしょ。あの子、ゴキブリが出ただけでヒャーヒャー言って逃げ回るような子なのよ。そんなヤヅがほんなことできるわげないっぺ。
オト　本人は、保自身は何て言ってるの。
サクエ　わがりません。
オト　逮捕されたわげじゃないんでょ？
サクエ　だと思いますげど。
オト　んで、今兄さんたちが東京で話し合ってるってわげ？
サクエ　ハイ。
オト　……。
サクエ　もぢろん、こんなこと、わだしだって信じたくはありません。けど――。
イサヨ　けど何。
サクエ　お二人もよく覚えてるでしょ、この前、保さんがここに来た時のごとを。

二人　……。
サクエ　物凄く羽振りがよかったじゃないですかッ。
二人　……。
サクエ　もすも、それがそういうごとの結果だとすれば――。
イサヨ　やめでよ、そんなごと言うの。
サクエ　でも、辻褄が合うんじゃないですか、そう考えると。
オト　お姉じゃん――。
イサヨ　落ち着《づ》きなさい。
オト　けど、もしそれが本当《ほんどう》なら――。
サクエ　いいがら黙ってッ。

黙ってしまう三人。
蛙の鳴き声。

イサヨ　(頭が痛い)
サクエ　大丈夫ですか。
イサヨ　……お母さんには？
サクエ　え？
イサヨ　しゃべってないわね、お母さんにそのごと。
サクエ　もぢろん。
イサヨ　絶対に言わねえでな。ほんなこと知ったらお母さんも倒れるわ。

サクエ　（うなずく）
オト　どうすっぺか？
イサヨ　どうすっぺも何もまだ何もわがんないでしょ。
オト　……。
イサヨ　今、あだしたちにできることはただ一づ。
サクエ　何ですか。
イサヨ　ほんなこと少しもオクビに出さねえでいつも通りに暮らすことだ。
オト　……。
イサヨ　そして、後は祈るだけだ──ほんなことないごとを。
サクエ　……。
イサヨ　できる？
サクエ　ハイ。
イサヨ　あんだ（オト）も。
オト　自信ない、そんなごと言われても。
イサヨ　あんだ母親でしょッ。そんくらいのごとでうろたえてどうすんの。子供のためにも踏ん張って。
オト　お姉ぢゃんも知ってるでしょ、あたしが嘘をつげない性格だってこと。
イサヨ　あんたオンナ何年やってるのッ。根性出しなさい、こういう時《どき》ごそッ。
オト　……。
イサヨ　ホラ、笑ってッ。
オト　……。

イサヨ　笑えッつうの――「ハハハハ」と。
オト　ハハハハ。
イサヨ　サクエさんも。
サクエ　ハハハハ。
イサヨ　もっとッ。ハハハハ。
オト　ハハハハ。
サクエ　ハハハハ。
イサヨ　そんなごと絶対ねえッ。ハハハハ。
オト　絶対ねえッ。ハハハハ。
イサヨ　何かの間違《まちが》いだッ。ハハハハ。
サクエ　間違いだッ。ハハハハ。

笑い止む三人。

イサヨ　いいが、どんなごとがあってもこの難局を乗り切ろう、力を合わせで。
サクエ　わがりましたッ。
オト　うんッ。
イサヨ　絶対お母さんの前で悲しそうな顔しねえでな。わがったね？

三人、その場で深呼吸する。
舞台隅に満が出てくる。

満

一人の身内が起こした犯罪は、罪を犯した人間だけの問題で終わらない。否応なしにその家族たちを問題に引き寄せる。それは、家族という水面《みなも》に投げられた一粒の小石に等しい。その波紋は小さな小波となって水面を伝わる。それは、彼らがこの世に唯一無二の家族だからに他ならねえ。

満はその場を去る。

9　様々な憶測

麻布にある義成の家の近くの青山墓地。
翌日の夕方。
カラスの鳴き声。
義成に連れられて千代治が来る。

義成　このへんでいい。
千代治　（溜め息）
義成　やめでくれ、溜め息《いぎ》は。こっぢまで気が重ぐなる。
千代治　溜め息もつきたくなっぺ。
義成　知ってんのか？
千代治　何？
義成　親父とお袋は、このごとよ。
千代治　まさか。あんな田舎でこんなごとが周りのみんなに知れでみろ。どんな目で見られっか。
義成　……。（奥へ）――あ、ここだ、ここッ。

そこへ満とキヨ子がやって来る。

キヨ子　お待たせしました。
義成　ご苦労さん。
キヨ子　道がややこしいから迷いそう。
義成　ほの道を右へ行げばすぐ大通りだ。（と示す）
キヨ子　ここに中原家のお墓が？
義成　うんにゃ。ただここなら静がだと思ってでな。
千代治　で、どうなんだ？　保の様子は？
満　相変わらずよ。何を聞いても暖簾に腕押し――のらりくらりとかわしやがる。
義成　金のごとは言ったんだな、警察に。
満　ああ。
義成　ほんで？
満　「参考にします」――ほんだけよ。まったくちゃんとやってんのかよ、あいづらは、捜査ってヤヅをッ。
義成　まあ、そう怒るな。
千代治　一づあんたに聞きたいことが。
キヨ子　何ですか。
千代治　保の借金ってのはどのぐれあったんだ？
キヨ子　さあ、正確には。
千代治　大まかにはどうなんだ？
キヨ子　よくは知りませんけど。

千代治　ああ。
キヨ子　たぶん十万くらいだったんじゃないか、と。
千代治　なんでそんな借金を？
キヨ子　商売でしくじったり、飲み食いに使ったりじゃないかな。
満　要するに屑だってことだよ、あいつは。
義成　……。
千代治　どした？
義成　誰も口でしゃべんねえから俺がら言うがらな。
千代治　ああ。
義成　子供がいなくなって今日でもう一ヶ月半以上だ。
千代治　んだから何だ。
義成　それでもまだ子供が元に戻ってこねえってことは、つまり、その、吉展ちゃんは――もう。
千代治　やめでぐれッ。ほんなもごいごど言うなってばッ。
義成　もごくても、現実は現実だ。
キヨ子　けど、生きてる可能性だってないとは言えないでしょ。
満　四つの男の子が世話もなしでどうやって生きていげる？
キヨ子　誰か親切な人に助けてもらって面倒見てもらってるかも。
満　んなことあるわけねえ。
義成　んだとしたら、それはつまり――。
満　そうだ。あの野郎が殺すたんだ。
義成　……。

カラスの鳴き声。

義成　しかし、それはいぐら何でも。
満　あんだ、ありえねえって言うのが。
義成　あいづにそんな度胸《どぎょう》があるどは、とても。
満　人間、追い詰《づ》められたら何だってやるさ。
義成　どんなごどしてって言うんだ?
満　え?
義成　おめは保がどんなごどしで、アレしたっつうんだ?
満　そんなのわかんねえよ。けど、子供が帰《けえ》ってこない以上、そう考えるしかねえんじゃねえの。
義成　……。
千代治　縁を切るが。
義成　何?
千代治　縁を切んだよ、あいづとッ。もすもあいづがそんなことしでかしたとしだら、俺たち一族はもうお終いだど。
義成　簡単に縁が切れるなら苦労はねえ。
千代治　ほだけど——。
義成　ガタガタ言うなッ。たとえ人殺しだろうどあいづは俺たちの弟《おとうど》だッ。
千代治　……。

キヨ子　ハハハハ。
義成　何だ、何がおがしい？
キヨ子　だって、変じゃないですか。まだあの人がそんなことしたって決まったわけじゃないのに、そんなの——。
満　あんだはこの期に及んでまだあいづのこと庇うのか？
キヨ子　だって、そうじゃない。あの人が犯人なら警察が黙ってるわけないわ。
満　……。
キヨ子　満さんはあの人が犯人だって決めつけてるけど、もしそうじゃなかったらこんな話、とんだお笑いじゃないの。
義成　んだげど、あいつが犯人であるごともある。
キヨ子　……。
義成　んだから雁首突き合わせてこんな埒もねえ話をしてんだべした。
人々　……。
千代治　くそッ。何どか本当のことを聞き出す手はねえのがい、保から。
義成　本職の刑事さんが問い詰めてもしゃべらねえんだ。簡単に口は割るめえ。
満　いや、口を割らせる手はある。
義成　何？
千代治　なじょするって言うんだい？
満　あいづが警察から出てきたら、俺たぢであいつを捕まえる。
義成　ほんで？
満　ほのままどこか人気のないところへ連れてって、あいづを監禁する。

千代治　ああ。
満　ほんで、あいつを拷問して口を割らせんだ。

顔を見合わせる三人。

キヨ子　どんな拷問を？
満　どんなって——殴ったり、蹴ったり、爪を剝いだり——。
義成　本気で言ってんのか。
満　冗談でそんなこと言うかッ。
義成　……。
満　俺だってそんなことはしたくねえッ。んだけど、あいづが口を割らねば、最後はそういう手しかねえべッ。
義成　……今日はここまでにすっぺ。
千代治　ああ。
満　待てってばッ。俺は本気だどッ。
義成　もういいがら。ちんと頭を少し冷やせ。
満　んじゃあ他にどんな手があんだよッ。
義成　せづね！（黙れ）

と満の胸倉を摑む義成。

義成　いい加減にしろってば！

満を突き倒す義成。

義成　身内にそんなごとできるわけねえっぺ。

カラスの鳴き声。

義成　俺たぢにできるごとはやった。後は警察に任《まが》せるしかねえべ。
千代治　……。
キヨ子　……。
満　……。
義成　ほれでいいな?
千代治　（うなずく）
キヨ子　（うなずく）
義成　おめもいいな?
満　ああ。
義成　何か動きがあっだらまた連絡する。こっぢは俺たぢに任せてお前（千代治）はもう福島さ戻れ。
千代治　ほうだな。

千代治、その場を去る。
それに続く義成。
キヨ子、倒れたままの満に手を貸す。
満、その手を振り払い、走り去る。
キヨ子もそれに続く。
舞台隅にイサヨが出てくる。

イサヨ　結局、警察は保からの自白を引き出せなかった。保は最後まで白状しなかったのだ。今思えば、あいつはあいつで必死に自分自身と戦っていたのだと思う。保は釈放された。疑惑の男はこうして再び野に放たれたのだ。事の成り行きを見守るしかない兄弟たちも、それぞれの生活に追われて日常の暮らしに戻るしかなかった。

イサヨはその場を去る。

10　弘二の来訪

満の家。
幸枝が娘の服を針と糸で繕っている。
そこへ大きな鞄を持った一人の中年男が現れる。
中原家の次男の弘二である。

弘二　（もじもじしている）
幸枝　あの、何か？
弘二　はあ。
幸枝　……？
弘二　満《みづる》はいますか？
幸枝　いえ、仕事でいませんけど。
弘二　幸枝《さちえ》さんですよね？
幸枝　ハイ。あの、どちら様ですか。
弘二　出直してきます。
と踵を返して行こうとする弘二。

しかし、立ち止まる。

弘二　兄です。
幸枝　兄？
弘二　中原弘二です、満の兄の。
幸枝　え？
弘二　わたしが来たごとだけ伝えといてください。
幸枝　ちょっと待ってくださいッ。

と弘二を引き止める幸枝。

幸枝　ごめんなさい、気づかなくて。そうならそうと言ってくれれば。さあ、どうぞ。汚いとこですけど。
弘二　すぐ行ぎますから、ここで。
幸枝　そんなこと言わずに。さ、遠慮せずに、中へ。
弘二　ほんとにすぐおいどましますから。
幸枝　じゃあ、ここへ。どうぞ、座ってください。すぐお茶を。
弘二　お気遣いなく。

弘二、縁側に座る。
幸枝、奥へ去る。

弘二　すいません、いきなり。
幸枝（声）いいえ、全然。
弘二　連絡してから来ればよかったんですけど、バタバタしでまして。
幸枝（声）いいえ。
弘二　お子さんは？　えーと。
幸枝（声）規子は今、学校へ。
弘二　元気なんですよね、あいづ――満も。
幸枝（声）お陰様で。
弘二　それだけ聞ければ安心です。ハハハハ。

幸枝、茶を持って出てくる。

幸枝　ごめんなさい、ほんとに。
弘二　一度だけですから、お会いしたの。
幸枝　結婚式で？
弘二　ええ。
幸枝　見違えました。
弘二　ほうですかね。
幸枝　だって前はもっと、こう――。（と太っている仕草）
弘二　確かに。

幸枝　……。
弘二　満から聞いてますよね。
幸枝　ハイ？
弘二　わたしのごと。
幸枝　まあ、何となくは。
弘二　ちょっと前に出所しました。
幸枝　……。
弘二　んだから、ちょっと顔を見せようと。
幸枝　そうですか。それはそれは――ご苦労様でした。
弘二　いえ。
幸枝　……。
弘二　変わりましたね、駅前も。
幸枝　そうですか。
弘二　大きなビルがいくつも立って――なんか活気がある。
幸枝　オリンピック景気ってことですよ。
弘二　ほんとにねえ。

弘二、茶を飲む。

幸枝　福島にはお帰りにならないの？
弘二　帰《けえ》っても居場所がありませんから。ハハ。

幸枝　そんな――寂しいこと。お父さんもお母さんも顔見せれば喜ぶのに。
弘二　……。
幸枝　お子さんがいらしたわよね。
弘二　はあ。けど、あの後、すぐに女房とは別れましたから。
幸枝　そうですか。
弘二　ま、自業自得ですけどね。
幸枝　……。
弘二　満と保だけなんですよ。
幸枝　ハイ?
弘二　面会に来てくれたの。
幸枝　……。
弘二　んだげど、保の方は居所がわがんながったもんで。
幸枝　……。
弘二　だから、まずは満には挨拶しとこうと思いまして。
幸枝　そうですか。
弘二　変わったごとはありませんか。
幸枝　ハイ?
弘二　ヨシ兄や保も。東京にいだんですよね。
幸枝　ええ。
弘二　ならよがった。
幸枝　……。

幸枝は保のことを言うか言わぬか迷う。

幸枝　弘二さん。
弘二　ハイ。
幸枝　いえ――。
弘二　……？
幸枝　あの、弘二さん。
弘二　ハイ。
幸枝　不躾《ぶしつけ》なことを聞くようですけど、その、お仕事は――。
弘二　ありがたいごとに昔の親方がまた雇ってくれるごとになりまして。
幸枝　あ、洋服の？
弘二　ええ。何でも日本チームのアレを作るとかで繁盛してるみたいです。
幸枝　日本チーム？
弘二　来年の――バレーボールの。
幸枝　へえ。
弘二　落ち着いたらまた寄せてもらいます。満によろしく伝えてください。ほんでは。
幸枝　お茶、飲んでってください。ね、せっかくですから。
弘二　はあ。

弘二、茶を飲む。

舞台隅に義成が出てくる。

義成　弘二は中原家の次男。故郷を出て、東京で洋服の仕立て屋をしていた。今から五年前の夏、配達中に車で人をはねて死亡させた。弟の不注意による人身事故。酒を飲んでた上に信号無視。相手は三十歳の主婦だった。長い服役を経て、弟が塀の外に出たのがちょうどこの事件の最中のことである。この男に連絡が取れなかったのはそのせいである。

義成はその場を去る。

11　兄弟会議

福島の千代治の家。
サクエが座布団を持って出てくる。
そして、それを床に並べる。
人々の父である末八が他界した。
棺に入った父の遺体は、部屋の隣にあるという体《てい》。
六月十二日。
父の葬式を二日後に控えた日の夕刻。
そこへイサヨ、オトがやって来る。
続いて満、千代治。
最後に保が義成とともにやって来る。
中原家の長男、三男、四男、五男、長女、次女。
弘二を除く中原家の兄弟姉妹たちである。
葬儀ではないが、みな喪に服した格好。
保を真ん中の席に誘導する義成。

保　ハハハハ。何だよ、みんな。葬式のリハーサルでもやろうってのが。

義成　軽口《かるぐち》はいい。――座れ。
保　……。

保、指定の場所に座る。

義成　サクエさん、じゃあ、お袋と子供たちを頼みます。
サクエ　わかりました。

サクエはその場を去る。

義成　みんな、今日はお疲れさんでした。

と頭を下げる義成。
人々も神妙に頭を下げる。

義成　親父もこうして俺たぢに会えて喜んでっど思う。
人々　……。
義成　出てきた弘二の到着は、残念ながら明日以降だ。
人々　……。
義成　あいづにはこの件に関してはまだ話してねえ。
人々　……。

義成　だから、事の真相を知りてえと思ってんのはここにいる人間だげだ。
人々　……。
義成　葬儀での喪主は千代治にやってもらうが、この会は長男の俺がやらせでもらう。
人々　……。
義成　みんなもうぜえ大人だ。こうして顔つきあわせで話す時《どき》もねがっどな。
人々　……。
義成　だから、今日は腹割った話をしゃべってくれ。
人々　……。
義成　親父の亡骸《なきがら》はそこ（と奥を見て）にあんだが――。
人々　……。
義成　この集まりは生前の親父を偲ぶためのものではねえ。
人々　……。
義成　今、俺だぢが直面してる深刻な問題をハッキリさせるためだ。
人々　……。
義成　保――。

と保を見る義成。

義成　ここには血を分けたお前の身内しかいね。本当のごとをしゃべってくれ。
保　……。
千代治　いいが、保。これはすでにお前だけの問題じゃねえんだ。俺たち中原家全体のことだってことを忘れねえでけろ。

保に注目する人々。

保　何か参ったな。

人々　……。

保　まずは——ご心配《しんぺえ》をおかけして申し訳ありません。

と土下座して謝る保。

保　いろんな疑いをかけられたのも結局は自分の不徳の致すところ。

人々　……。

保　ここにいる身内に大きな心配をかけたことをこの通りお詫びします。

と再び頭を下げる保。

義成　じゃあ、おめは本当にやってねえんだな。

保　やってねえよ、ほんなこと——。

イサヨ　本当なのね？

保　ああ。親父の霊にかけて誓う。

人々、安堵する。
しかし、満だけは違う。

満　二言目にはほれだ。んじゃあ、それをみんなの前《めえ》で、なんでかんで証明してみろつーのッ。

保　何度言わせんだよ。俺はほの事件があった日にこっち（福島）さいだんだ。

満　いづ？

保　三月二十七日から四月の三日までだ。

満　なんでこっちさ来た？

保　たまには親父とお袋に顔を見せてやろうと思ったからだ。

満　んだけど、誰にも会わねえで帰《けえ》ったって言うのか。

保　ほうだよ。

満　なして？

保　こっちさ来てから会う気が失せたからよ。

満　それをを証明してくれる人は？

保　従兄の譲《ゆずる》に会ったよ。

満　どこで？

保　裏山の麓《ふもと》でさ。聞いてみりゃあいいんじゃねえの。

満　譲に会ったのは何日だ？

保　覚えてねえよ。

満　それじゃあ、あんたのアリバイになんねえだろうが！

保　んなこと知るかッ。

オト　やめでッ。怒鳴らないでッ。
満　じゃあ、金は？　五十万もの大金をなんで持ってたんだ？
保　何度も言わせんなよッ。
満　みんなの前でちゃんと言えッ。
保　仕事がうまくいったのよ。
満　どんな仕事だ？
保　密輸した腕時計が売れたんだな。
満　どんな時計だ？
保　お前に説明してもわかんねえよ。
満　なあ、頼むから本当のごとしゃべってくれ。
保　いい加減にしてくれよ。やってねえって言ってんだ。なんで信《すん》じてくれねえんだッ。
満　……最後はいづもこれだ。口じゃ何とでも言える。

黙っている人々。

保　何だ、みんな信じてくれねえのが。
人々　……。
保　疑われだ本人がやってねえって言ってんだ。これ以上、俺にどうしろって言うんだ。義兄さん――千代兄さん――イサ姉さん――オト姉さんッ。

黙っている人々。

千代治保　ハハハハ。俺の味方は誰もいねえってごとか。
保　笑い事じゃねえッ。もすも、お前がそんな大罪をしでかしたんなら、俺たぢも腹を括らなきゃなんねえんだッ。
義成　一つ聞いでおきてえんだげど。
保　何だ。
義成　俺がやったと言ったらどうすんだ？
人々　……。
保　俺をひっ捕まえて、警察へ突き出すのか？
義成　そのつもりだ。
保　警察には何て言う？
義成　本人が自白してんだ。それに勝る証拠はあんめえ。
保　ほんな勇気があんたらにあんのか？
義成　何？
保　子供を誘拐して、殺したかもしんねえ身内を警察に突き出す度胸があんたらにあんのか？

人々、それぞれに動揺する。

義成　保、俺だちをみくびんなよ。
保　……。
義成　なんぼ身内でも、お天道様に顔向けできねえことしたヤヅを許すわげにはいかねえんだ。

オトは泣いてしまう。
それを慰めるイサヨ。

保　ハハハハ。やめっぺ、ほんな時代がかった言い回しは。

満　ちゃんと答えろッ。親父の前で！

と保に摑みかかる満。
揉み合う二人。

満　おめがやったんだべ！　言えッ言えッ言えッ言えッ！

それを止める義成と千代治。

オト　やめでッ。死人をもう一人出すづもりなのがッ。

満と保を引き離す義成と千代治。
ハアハア言っている人々。

義成　話はほういうごとだ。これ以上、アレしても堂々巡りだ。

人々　……。

義成　最後にもう一度言え。
保　何を。
義成　おめが事件に関係あるが、ねえのがを。
保　……。
義成　その言葉を聞けばみんなが安心する。

人々、保に注目する。

保　やってねえよ、そんなごと――。
イサヨ　ちゃんと言って、もう一度。
保　……。
イサヨ　あんたの仕業じゃないって、あだしの目を見て。
保　やってねえよ。
イサヨ　……わがっだ。あだしはあんたを信じる。
オト　姉さん――。
イサヨ　保がほう言ってんだからほうするしかないでしょう。
オト　……。
イサヨ　兄さんたちもほんでいいべ?
義成　ああ。
イサヨ　千代治は?
千代治　仕方ねえべな。

イサヨ　オトもいいな?

オト　（うなずく）

満　待ってくれッ。みんな、こいづがさっき言ったことを忘れたわけじゃあんめえ。

人々　……。

満　「そんな勇気があんたらにあんのか?」――こいづはてめえのやったごとを棚に上げて、俺たちを脅してまで口を塞ごうとしたんだッ。みんな、それが――。

イサヨ、無言で満に近付く。
そして、満を平手打ちにする。

イサヨ　みだぐなすッ。（お黙り）

満　……。

イサヨ　腐っても保はおめの兄貴だっぺ。

人々　……。

イサヨ　父さんの前で争うのはやめで。

人々　……。

イサヨ　あたしがひっぱたいたと思うなよ。

人々　……。

イサヨ　母さんの代わりだ。

黙っている人々。

イサヨ　（保に）ほだげど絶対に忘れるなよ。あんだのせいで、あたしたぢがどんだげ心配《しんぺぇ》したかを。

保　……。

千代治　もういい。お前は東京へ戻れ。

保　え？（と父の遺体の方を見る）

千代治　親父の葬儀は俺たちだけでやる。

保　けど――。

千代治　わがらねえのが。おめどこいづ（満）を一緒にしとくと、うちからもう一人死人が出そうだからだ。

保　（満を見て）……。

満　（保を見て）……。

千代治　心配すんな。お袋には俺がうまく言っどく。

義成　（同意する）

保　……わがったよ。

保、軽く一礼してその場を去る。

満　待て、保ッ――。

満、それを追おうとする。

それを止める千代治。
千代治を振り払い、行こうとする満。
その前に両手を広げて立ちはだかるオト。

満　どけ。
オト　(首を横に振る)
満　そこをどけッ。
オト　(激しく首を横に振る)
満　……。
オト　(その顔が涙で歪む)

満、ガクリと膝を折る。
そんな弟と妹を見ている兄たちと姉。
オトを抱きかかえてその場を去るイサヨ。
舞台に残る崩れたままの満。
それを見ている義成と千代治。
そこにサクエが出てくる。
サクエ、千代治とともに座布団を片付けてその場を去る。
義成、満を立たせてその場を去る。
舞台隅にイサヨが出てくる。

イサヨ　こうして父の葬儀は保抜きで二日後に執り行われた。八十一歳。東北の田舎町で馬車馬のように働き続け、苦労が多かったであろう父の人生。唯一の救いは子供たちが抱いた保への疑惑に思い煩うことなく逝ったところかもしれない。

イサヨはその場を去る。

12　その後

前景から二ヶ月後。
八月半ばの夕刻。
吉展ちゃんが誘拐された公園付近。
蝉の鳴き声が聞こえる。
そこへ弘二がやって来る。
弘二は手に一枚のチラシを持っている。

弘二　……。

とそこへキヨ子がアイスキャンディを持ってやって来る。

キヨ子　どっちがいいですか。
弘二　どっちでも。

キヨ子、アイスキャンディの一つを弘二に渡す。
二人、公園のベンチに座る。

弘二　……。
キヨ子　それにしても、まったく世話が焼ける人よね。
弘二　ハイ？
キヨ子　次から次へとあれこれと。
弘二　まったく。
キヨ子　いいんですか？
弘二　何がですか。
キヨ子　苦労しますよ、あんなヤツの身元引受人になると。
弘二　仕方《すかた》ないですよ、しょうもないヤヅでも身内ですから。
キヨ子　それ、今度会ったら言っときます。
弘二　そっぢこそよくあんなのと付き合ってられますね。
キヨ子　ほんと、何がいいんだろう？　ハハハハ。

アイスキャンディを食べる二人。

キヨ子　お兄さんは信じてるんですか。
弘二　ハイ？
キヨ子　あの人がそんことするはずないって。
弘二　さあ、どうかな。
キヨ子　じゃあ、疑ってるんですか。

弘二　……。
キヨ子　あ、ごめんなさい――余計なこと。
弘二　いや、いいんです。
キヨ子　……。
弘二　この前、親父の葬式で田舎へ帰った時、母が言ってました。
キヨ子　なんて？
弘二　「もぢろん、わたしは保を信じる。それが母としての務めだ」――。
キヨ子　……。
弘二　「けれど、もすも保が罪を犯したなら、それもわたしは引き受ける」と。
キヨ子　……。
弘二　そして、こう続けました――「おめの時と同じように」と。
キヨ子　……。
弘二　泣けてしょうがなかったです。（と笑顔）
キヨ子　……。

アイスキャンディを食べる二人。

弘二　あなたはどうなんですか。
キヨ子　え？
弘二　あんたはあいつを信《すん》じてるんですか。
キヨ子　信じてなきゃわざわざ法廷に足を運んで、ケチな泥棒の裁判なんて見ませんよ。

弘二　それもそうか。ハハハハハ。
キヨ子　ハハハハハ。

アイスキャンディを食べる二人。

キヨ子　ふふふふ。
弘二　何ですか。
キヨ子　あ、ごめんなさい。変なこと思い出しちゃって。
弘二　……？
キヨ子　あの人ね、鳥が好きなの。
弘二　鳥？
キヨ子　そう。この前、そこの公園で餌をやってるのよ。で、しゃべってるのよ、鳥と。「ヨシヨシお前はいいなあ」なんて言って。
弘二　へえ。
キヨ子　あたしにはてんでぶっきらぼうのくせして。ほんと、頭来るわ。
弘二　ハハハハ。
キヨ子　けど、すぐに思い直した。たぶんほんとはあの人も鳥みたいに空を飛びたかったんだろうなって。
二人　……。
弘二　キヨ子さん、ご兄弟は？
キヨ子　姉と弟が一人ずつ――。

弘二　そうですか。
キヨ子　けど、ずいぶん前に両親が死んで今はバラバラ。みんなどこでどうしてるのやら。
弘二　こう言っちゃナンだが、そういう風がいいですよ。
キヨ子　なんでですか。
弘二　なまじ近くにいると厄介事ばかりだ。
キヨ子　そうかもしれないわね。ふふ。
弘二　……。
キヨ子　それでも——。
弘二　ハイ？
キヨ子　それでも一人よりはいい。
弘二　……。
キヨ子　厄介事ばっかりでも。
弘二　（見て）……。
キヨ子　何か柄にもないこと言ったかな。ハハ。

手にしたチラシを見る弘二。

キヨ子　辛いでしょうねえ。
弘二　ハイ？
キヨ子　子供を誘拐されたご両親。
弘二　……ええ。

キヨ子　（時計を見て）あ、もうこんな時間だ。あたし、店に戻ります。
弘二　そうしてください。本当にご苦労様でした。
キヨ子　今度、飲みに来てくださいね。いつでもお待ちしてますから。
弘二　……。
キヨ子　あ、やめたんですよね、お酒は。ごめんなさい。
弘二　（うなずく）
キヨ子　では、ごめんください。

と行こうとするキヨ子。

弘二　あのッ。
キヨ子　ハイ？
弘二　あいづのごと、なにぶんよろしく。（と頭を下げる）

キヨ子、その場を去る。
舞台隅にオトが出てくる。

オト　その年の八月、保は窃盗事件を起こして逮捕、起訴されて有罪になったが、執行猶予がついて釈放された。一時の羽振りのよさが嘘のように、保は小さな悪事を繰り返して暮らしていたのだ。保の裁判には、弘二とキヨ子さん以外、姿を見せなかった。

オトはその場を去る。

13　兄弟の忘年会

前景からさらに四ヶ月後。
一九六三年の冬。
蟬の鳴き声が北風の音に変わる。
満の家。
家の奥から赤ん坊の泣き声が聞こえる。
と満が出てきて酒を飲む。
保からもらったウィスキー。
家の奥から義成の声が聞こえる。

義成（声）　ホラ、高い高いッ。高い高いッ。

赤ん坊、激しく泣く。

幸枝（声）　ダメですよ、そんな抱き方したら。おーよちよちッ。

満、そのやり取りを聞いて苦笑する。

義成が出てくる。

満　（幸枝を真似て）「ダメですよ、そんな抱き方したら」――ハハハハ。

義成　やっぱり子供には母親だな。機嫌の取り方がさっぱりわからん。

満　ま、一杯――。

と義成に酒を勧める満。

義成　（飲む）今年《こどし》もあっという間だな。

満　まったくだ。

義成　すかし――。

満　うん。

義成　いつもに増して今年は大変だった。

満　ああ。

と酒を飲む二人。

そこへ幸枝が来る。

幸枝　何か作りましょうか。

義成　いいえ、結構。ややこの顔も見れだんでもう行ぎますから。

幸枝　ゆっくりしてってください。
義成　すっかりいいみたいですね、からだも。
幸枝　その節はご心配かけました。
義成　これに乗じてどんどんこさえてください。
幸枝　それはこの人次第です。
義成　ハハハハ。
満　……。
義成　何だ、んな顔して。まだ若《わけ》えんだ。次回作を期待してるっぺ。

と「ごめんください」という弘二の声。

幸枝　あ、いらっしゃったみたい。
満　(奥に)いるよッ。入ってくれッ。

一度、その場を去る幸枝。
そこへ弘二がやって来る。

弘二　何だ、もうやってるのか。
義成　お疲れさん。

幸枝、戻ってくる。

幸枝　どうぞ、座ってください。これいただきました。タイ焼き。

満と義成は顔を見合わせる。

弘二　何だ、タイ焼き、嫌いだったか？
幸枝　そんなこと全然。
義成　まあ、かけつけ一杯だ。あ——お前は酒じゃない方がいいんだな。

と弘二に茶を出す義成。

満　おめも——そこに座れよ。

幸枝に酒を注ぐ義成。

義成　ほんでは、ささやかながら中原家の忘年会を。
幸枝　大きな声は（出さないで）——。

人々、小さく「乾杯」とグラスを合わせる。
しかし、その後、誰も口を開かない。

幸枝　何ですか、みんな押し黙って。大きな声を出さなきゃ大丈夫ですよ。
満　まあ。
義成　ああ。
弘二　すかし――。
幸枝　すかし？
弘二　羽目を外して騒ぐ気分には――とても。
幸枝　……そうね。

タイ焼きを食べる義成。

満　ずっと言いそびれてたけど――悪がったと思ってるよ。
義成　何が。
満　保兄のこと。
人々　……。
満　みんなの忠告も聞き入れず、一人でカッカして。
人々　……。
満　今思えば、なんでだったんだか。ほんなことは俺がやることじゃねえ。
人々　……。
満　ほんとすまなかった。

と頭を下げる満。

義成　ほんなごどはねえ。
満　え？
義成　おめがいだがらあんなどうしょうもないヤヅでも、みんなが保を守る気もぢになったんだ。
満　……。
義成　俺はこれでいいと思ってる。（と飲む）

弘二、満に酒を注ぐ。

弘二　思うにたぶん――。
幸枝　たぶん？
弘二　満は保が好きなんだべ。
満　馬鹿言うなッ。あそこまでやる必要はなかったかもしれねえけど、あの野郎のことを好きなわけねえっぺ。
弘二　好きでもなきゃそんなに熱心にはならねえべ。
満　……。
弘二　ま、兄弟ってのは不思議なもんだ。
人々　……。
幸枝　来年はオリンピックね。
義成　そうだな。
幸枝　いい年になるといいわねえ。

人々　……。
幸枝　日本にも、あたしたちにも。
と赤ん坊の泣き声。
幸枝　あら、ごめんなさい。
とその場を後にする幸枝。
幸枝（声）　ハイ、ヨチヨチ。ママはここにいるからねえッ。泣かないでねえ。ベロベロバー。
などと赤子をあやす幸枝の声。
保からもらったウィスキーのボトルにグラスを当てる三人。
舞台隅に千代治、イサヨ、オトが出てくる。
千代治　彼ら――いや、わたしだちのそんな思いをよそに保はその年の暮れ、再び窃盗罪で逮捕される。
イサヨ　勤務先の工事現場で会社所有のカメラを盗んだのだ。
オト　翌一九六四年四月、裁判の結果、懲役二年の刑が下される。
千代治　保は前橋刑務所に収監される。
イサヨ　それから約半年後の十月十日――。

オト　東京オリンピックの開会式が代々木競技場で行われる。

東京オリンピックの実況放送の音声が聞こえてくる。

オト　レスリング、グレコローマンでは市川政光《いちかわまさみつ》、花原勉《はなはらつとむ》が金メダル。
千代治　柔道軽量級では中谷雄英《なかたにたけひで》が金。
イサヨ　体操男子も団体で金。
オト　マラソンの円谷幸吉《つぶらやこうきち》が銅。
千代治　柔道重量級では猪熊功《いのくまいさお》が金。
イサヨ　女子バレーボールはソ連を抑えて優勝。男子も銅。
オト　そんな華やかな夢の祭典をわたしたちはテレビを通して目撃した。
千代治　しかし、わたしだちの心は——。
イサヨ　表彰台の上でにこやかに手を振る日本選手とは違って——。
オト　深く、重く沈んでいた。

東京オリンピックに熱狂する人々の歓声が高まる。
人々はその場を去る。
と歓声がブツリと消える。

14 自供

舞台中央に椅子に座った保がいる。
保にだけ照明が当たっている。
警視庁の取調室。
一九六五年六月。
刑事（平塚八兵衛）の取り調べが行われている。
平塚の分身として中原家の兄弟たちが保の取り調べを行う。
満、義成、弘二が出てくる。

満　お前は実家の土蔵に忍び込んで、吊るしてあったしみ餅を食ったと言ったな。
保　ハイ、言いました。
義成　だが、あの年は不作でしみ餅は作らなかったとお前の義姉《ねえ》さんが言ってるんだ。
弘二　ないしみ餅をどうやって食ったんだ？
保　それは――。
千代治　それは何だ？
保　……。
満　まだある。

義成　鈴木さんの藁ぼっちで寝たというのもでたらめだ。
保　んだげど、俺は本当に——。
弘二　んたけど何だ？
保　……。
千代治　三月二十九日にお前を見つけた鈴木さんは、藁ぼっちを全部片付けたんだ。
満　ない藁ぼっちにどうやって寝たのか、今ここで答えてみろ。
保　……。
義成　お前は四月三日まで福島にいたというが、俺の調べじゃ三十日までしかいねえ。
弘二　お前はてめえの都合がいいように日にちをごまかしてアリバイ作りをしたんだ。
保　……違《つが》うって。
千代治　何が違うんだ？
保　……。
満　よく聞け、中原。
義成　俺が福島から帰る時、お前のお袋さんが追いかけてきてなんて言ったと思う？
保　……。
イサヨ・オト　「もしも息子が人として誤ったことをしたなら、どうか真人間になるように言ってくださ
い」——。
弘二　山道の地べたに額をこすりつけて謝ったんだぞッ。
保　（動揺する）……。
千代治　そんなお袋さんの気持ちをどう思う？
保　……ハハハハ。馬鹿こくでねえッ。何と言われようが知らねえもんは知らねえんだッ。

人々　……。
保　俺はあの日――福島さ、福島さ、いたんだッ。いたんだッ。いたんだッ。いたんだッ。

と取り乱す保。

満　お前、さっき「電車から日暮里の火事を見た」と言ったな。
保　え？
義成　日暮里の火事だよ、電車の窓からお前が見た。
保　それが――それが何だ。
弘二　日暮里の火事があったのは四月二日の午後二時五十九分。
千代治　火元は荒川区日暮里二の三の一にある寝具製造業「瑞光《ずいこう》商会」だ。
満　三日まで福島にいたはずのお前がどうしてその火事を目撃できるんだ？
保　……。
義成　それはつまり、お前が四月二日、東京にいたという何よりの証じゃないのか？
保　……。
弘二　嘘――。
保　（首を振る）
千代治　嘘――。
保　違《つが》う。
満　嘘――。
保　違う。

義成　嘘——。
保　やめてくれ。
イサヨ　嘘——。
保　やめて——。
オト　嘘——。
保　やめろッ。

そんな保を静かに見ている人々。
そこへキヨ子、幸枝、サクエが出てきて保を見る。

満　なあ、中原。もうそろそろお終《しま》いにしよう。
義成　お前の言うのが嘘か、俺が言うのが嘘かはっきりさせようじゃねえか。
保　(震えて)……。
弘二　どうなんだ、中原ッ。
保　(小さく)嘘だ。
千代治　何だ、はっきり言えッ。
保　嘘だ——。
満　どっちが嘘なんだ?
保　俺の方が嘘だ。嘘だ——。

保を見ている人々。

義成　お前が吉展ちゃんを誘拐したんだな？
保　……。
人々　そうなんだな？
保　ハイ、まついありません。

保、ガクリとうなだれる。
それを見ている人々。

保　俺がこの手で――俺がこの手で――。

保、嗚咽する。
その姿を見ている人々。
驚愕、怒り、悲しみ、諦念、侮蔑、あるいは、慈しみ――。
サクエが去る。
続いて幸枝が去る。
最後にキヨ子が去る。

15　事件の結末

舞台上に残る義成、弘二、千代治、満、イサヨ、オト。

満　一九六五年六月――。
義成　事件から二年二ヶ月後。
弘二　東京警視庁の取り調べ室で保は落ちた。
千代治　取り調べの指揮を執ったのは平塚八兵衛刑事。
満　彼は地道な裏付け捜査により保のアリバイを覆すことに成功。
イサヨ　保を自供に追い込んだ。
オト　そして、保の口から残酷な事の真相が明らかにされた。
義成　誘拐された吉展ちゃんはその日のうちに保の手によってベルトで絞殺され――。
弘二　遺体は殺害現場近くの寺にある墓の中に遺棄されたのだ。
千代治　保の供述に従い、当局は寺を捜索し、吉展ちゃんの遺体を発見。
満　こうして事件は一応の結末を迎えた。
イサヨ　その翌月、一九六五年七月――母のトヨが他界。
オト　翌年一九六六年の三月、第一審の裁判で死刑判決。
義成　一九六七年十月、最高裁で死刑が確定。

弘二　一九七一年十二月二十三日——宮城刑務所で死刑執行。
千代治　中原　保——享年三十八。
満　最後の言葉は、平塚刑事へ宛てたものだった。

舞台中央の保を見る人々。

保　今度生まれてくる時は、保は真人間になって生まれてきます——。

ガタンと刑場の踏み板が外れる音。
保に当たっていた明かりが消える。
暗転。

エピローグ

清らかな小川が流れる音と小鳥の囀りが聞こえてくる。
暗闇の中、保の声が聞こえる。

保（声）　「幾《いく》たりの　主《あるじ》を喪《うし》なひ我れの掌《て》に　遊ぶ小鳥の次は誰が掌《たて》に」――。
「亡き母の　呼ばぶ声かと思はるる　秋をしみじみ鳴く虫の色《ね》は」――。
「おどおどと　仲間外れの足萎《あしな》への　鳩も来よこよわが蒔《ま》く餌に」――。
「世をあとに　いま逝くわれに花びらを　降らすか門の若き枇杷《びわ》の木」――。
「静かなる　笑みをたたえて晴ればれと　いまわの水に写るわが顔」――。

明かりが入ると、舞台中央の机で短歌をノートに書きつけている保が見える。

保　「明日の日を　ひたすら前に打ちつづく　鼓動を指に聴きつつ眠る」――。（とつぶやく）

それを見ている人々。

満　これは俺の兄が獄中で作った歌だ。こんな歌をいくつも作って兄貴は刑場の露と消えた。

義成　一九六三年――翌年に東京オリンピックを控えたその年の春。
弘二　東京の下町の公園から一人の少年が消えた。
千代治　少年の名前は村越吉展ちゃん――四歳。
イサヨ　少年が姿を消した翌日、工務店を営む吉展ちゃんの家に電話がかかる。
オト　続けて九回――身代金の金額は五十万円。
満　警察は家族に犯人に従うように指示。母親が指定の場所に金を運ぶ。
義成　ここで犯人が捕まっていれば事件は簡単に終わっていたのかもしれない。
弘二　しかし、警察は様々なミスにより身代金を奪われたばかりか、犯人を取り逃がす。
千代治　失態の挽回を図り、警察は公開捜査を開始する。
イサヨ　事件発生から二十六日目、脅迫電話をかけてきた際の犯人の声をテレビとラジオで公開したのだ。
オト　一九六三年四月二十五日、その男の声は全国に流れた。
満　それは、世紀の祭典「東京オリンピック」の前の出来事――。

一九六四年の東京オリンピックの入場の際の実況中継が聞こえてくる。
天窓から強い光が舞台に差し込んでくる。
舞台上の人々の影がハッキリと顕れ、闇を際立たせる。
暗転。

〔参考・引用文献〕

『誘拐』（本田靖春著／ちくま文庫）
『刑事一代　平塚八兵衛の昭和事件史』（佐々木嘉信著／新潮文庫）
『誘拐殺人事件』（斎藤充功著／同朋舎出版）

好男子の行方

［登場人物］

藤岡（支店長／50歳）
松平（次長／46歳）
中村（銀行員／36歳）
関根（運転手／31歳）
高山（銀行員／31歳）
古田（銀行員／27歳）
東野（銀行員／23歳）
平塚（刑事／声のみ）

プロローグ

雨の音が聞こえてくる。
客席がゆっくりと暗くなる。
薄暗い舞台に支店長の藤岡が窓外の雨を見つめているのが見える。
ドシャ降りの雨――。
そこへ次長の松平がやって来る。
次長に促されて四人の銀行員たち。
関根、高山、古田は、それぞれ大きなジュラルミンのケースを抱えている。
ケースの一つを支店長の机に置く中村。
ケースを開けて中身を確かめる藤岡。

警官の声　「緊急指令。警視庁から各局。府中署管内、府中刑務所裏で重要事件発生。白バイ警察官に偽装した男一名が、現金三億円を積んだ乗用車を奪って、府中街道方面を逃走中。マル害（被害者）は国分寺市本町二丁目十二、関東信託銀行国分寺支店。マル被（被疑者）は交通警察官を装い、現金輸送車を奪って府中街道を逃走中。マル被の人着（人相・着衣）、二十代の若い男。革ジャンパー着用。白ヘルメットのため、ハツ（髪形）は不明。被害車両は黒塗りのセドリック」――。

その間に銀行員たちはジュラルミンのケースを持ってその場から去る。

警官の声

「繰り返す。緊急指令。警視庁から各局。府中署管内、府中刑務所裏で重要事件発生。白バイ警察官に偽装した男一名が、現金三億円を積んだ乗用車を奪って、府中街道方面を逃走中。マル害（被害者）は」――。

警官の声は雨の音にかき消されて聞こえなくなる。

窓外の雨を見ている藤岡。

暗転。

1　報告

東京にある「関東信託銀行・国分寺支店」の支店長室。
舞台上手側に支店長の使うデスク。その上に黒電話。
支店長席の背後に「誠心誠意」という文字が書かれた額がある。
舞台の中央下手側に応接用のソファとテーブル。
舞台奥に棚があり、そこに高級な壺や骨董品が並んでいる。
その脇に大きめの窓。その前に黒板。
舞台下手側に部屋に出入りするためのドア。
適当な場所に石油ストーブ。
一九六八年十二月十三日の夜。
支店長席で藤岡が電話中。

藤岡　……ハイ、現在、まだ詳しいことはまだ何も。まだハッキリしたことはこちらも把握し切れておりませんから。……ハイ。……ハイ。もちろん、情報が集まり次第、そちらにもキチンと報告を。……ハイ。……ハイ。なにぶんよろしくお願いいたします。

そこへ松平がやって来る。

藤岡　ハイ、改めてまたご報告させていただきます。ハイ、失礼いたします。

と電話を切る藤岡。

藤岡　どうだ、帰ったか。
松平　一応。
藤岡　何だ一応って。
松平　外には出てもらいましたが、車はあるので、まだそこに。
藤岡　……えさに食らいつくハイエナだな、まるで。
松平　はあ。
藤岡　しっかりと対応してくれよ。これからしばらくはあのマスコミのハイエナどもを相手にしなきゃならん。
松平　ハイ。
藤岡　で？
松平　で、とは？
藤岡　用があるから来たんだろう。
松平　あ、そうです。これを。

と報告書を差し出す松平。

藤岡　（受け取り）……。
松平　報告書です。昨日、彼らから聴取したものをわたしなりにまとめました。
藤岡　そうか。それはご苦労だった。
松平　いえ。

報告書を読む藤岡。
そこへ東野がやって来る。

東野　失礼します。戻りました、係長たちが。
藤岡　そうか。
松平　摑まってないな。
東野　ハイ？
松平　マスコミの連中にだよ、まだ表をうろうろしてるから。
東野　大丈夫です。裏口から入ってもらいました。
藤岡　すぐに会議を始める。呼んでくれ。
東野　かしこまりました。

東野、その場を去る。

藤岡　君の意見は？
松平　と言いますと？

藤岡　白バイの男だよ。すべて計画的だったということか。
松平　はあ。
藤岡　車に乗っていた連中に爆弾が本物と思わせるために、あらかじめ農協と我々に脅迫状を送って爆弾騒ぎを匂わせてたってことか?
松平　十中八九。
藤岡　……くそッ。
松平　手際の鮮やかさから判断して、相当に頭のいいヤツだと——あ、失礼。
東野（声）　さ、どうぞッ。支店長がお待ちです。

そこに銀行員の古田がやって来る。
続いて、銀行員の高山、同じく中村。
最後に運転手の関根。
それぞれにコートにバッグ。みな外出から戻った格好。

中村　失礼します。
高山　（一礼）
古田　……。
関根　お邪魔します。

四人は入り口付近に立ったまま。
続いて東野。

藤岡　何突っ立ってるんだ。座ってくれ。
中村　あの、支店長。
藤岡　うん。
中村　彼（東野）は？
藤岡　助手だ、今日の会議の。
中村　助手？
藤岡　書記が要るだろう、話し合いの要点をまとめる。知ってるよな、東野くんだ。
東野　よろしくお願いします。
中村　……。
藤岡　大丈夫だ。内容は外部に漏らさないと誓約済みだ。
松平　さ、座って座ってッ。

松平、報告書を人々に配る。

松平　車で？
中村　ハイ。パトカーで送ってもらいました。
松平　そりゃ大物扱いだな。
関根　連日協力してるんです、そのくらいやってもらわないと。

人々、ソファに座る。

何となく重い空気。

松平　では、支店長。

と藤岡を促す松平。

藤岡　みなさん、お疲れ様です。ここ数日、いろいろ大変でした。
人々　(それぞれに一礼)
藤岡　警察やマスコミへの対応で、さぞお疲れのことと思う。
人々　……。
藤岡　しかし、こういう事態を招いた以上、しばらくはバタバタするのはやむをえない。今日、このような場を設けたのは他でもない。いったい何が起こったのかを君らの口からもう一度ちゃんと聞きたいからだ。今後の警察やマスコミへの対応もある。本店からも報告書を出すようにせっつかれてる。我々銀行としてもキチンと事態を把握しておきたい。三日前、いったい何があったのか?
人々　……。
藤岡　そういうわけだから、今日はよろしく頼む。
松平　今、配った資料は、君たちの証言を元にわたしが作った事件のあらましです。
人々　(報告書を見る)
松平　まず、わたしが読み上げますから、聞いてください。もし、誤りがあったら訂正をお願いします。

人々　（それぞれにうなずく）
藤岡　東野くん。
東野　ハイッ。
藤岡　必要に応じてそこ（黒板）に記録を頼む。
東野　わかりました。

東野、黒板の脇に立つ。

藤岡　（松平に）じゃあ、頼む。
松平　（咳払いして）「一九六八年十二月十日。その日は雷まじりの雨」――。

と雷が鳴り、雨の音が聞こえてくる。

松平　「午前九時過ぎ、当該の運搬係の四人は、関東信託銀行国分寺支店を日産セドリックに乗車して出発。行く先は市内にある東芝府中工場。運転手は関根功一、助手席に係長の中村良治、後部座席右に古田篤、左に高山勲の合計四人」――。

藤岡は東野を促す。
東野、黒板にチョークを使って四人の乗車の配置図を書く。

松平　「車には府中工場の従業員四五二五人分のボーナスに当たる二億九四三〇万円の現金がジ

ュラルミン製のケース三つに分けて積まれていた」——。

東野、黒板に「¥294300000」と書く。

松平「出発から間もない九時二十分頃。セドリックが府中刑務所北側にある壁沿いの道に差しかかった時、ドシャ降りの雨の中、後方から白バイが近付いてきた」——。

サイレンを鳴らしたバイクの走行音が聞こえる。

松平「白いヘルメットを被った警官は、車を右側から追い越すと左手を挙げて車を止めた。白バイの赤色灯は回転していた」——。

東野、黒板にチョークを使って簡単な現場の地図を書く。

松平「白バイの警官は車の前方にバイクを止め、運転席に近付いた。関根は車の窓ガラスを十センチほど開け、警官を見上げた……『関東信託銀行の車ですね』と警官が尋ねた。関根は『ハイ、そうです』と答えた」——。

聞いている人々。

松平「『今、巣鴨署から連絡があり巣鴨の支店長の家が爆破されました。この車にも爆弾が仕掛けてあるかもしれません。シートの下を調べてください』……警官はちょっと興奮した口振りでそのように言って関根の注意を促した」――。

聞いている人々。

松平 「関根は『そんな馬鹿な』と思ったが、座席付近を確かめた。助手席の中村、後部座席の古田、高山も身をよじって座席の下を確認した。しかし、爆弾らしきものは発見できない」――。

聞いている人々。

松平 「警官の姿は人々の視界から消えていた。どうやら車の下に潜り込んで車体を調べているようだった。その時、『あったぞ！』と叫ぶ警官の声がした」――。

発煙筒が発火する音。

松平 「警官の姿が人々の視界に入った。警官は『ダイナマイトが爆発する！　早く逃げろ！』と叫んだ。びっくりした人々はそれぞれ車のドアを開け、雨の降りしきる車外へ出た。車の下から白い煙が上がっているのが見えた。あわてて、道路近くのブロック塀の陰へ走り込む」――。

聞いている人々。

松平 「すると、警官はおもむろに車に乗り込み、差し込まれたままのキーでエンジンをかけ、車を急発進させた」――。

車が急発進する音。

松平 「そして、ドシャ降りの府中刑務所脇の通りを走り抜け、避難した人々の視界から消えた。運転手の関根は思った……『なんて勇敢な警官なんだ』」――。

聞いている人々。

松平 「雨の中で煙を出してくすぶるダイナマイト……人々が近付いてよく見ると、それは爆弾ではなく発煙筒のようなものだった」――。

聞いている人々。

松平 「関根が『電話だッ』と叫び、古田が現場から約100メートルほど離れたガソリンスタンドへ走り、電話で国分寺支店の次長・松平へ報告した」――。

聞いている人々。

雨の音が遠ざかる。

藤岡　以上の点で何か間違いはあるかね。
人々　……。
藤岡　どうだ？
中村　いいえ、ありません。
藤岡　他のものは？
古田　間違いありません。
高山　よくまとまってると思います。けれど、ただ一つ。

と言って、黒板の「¥29430000」に「0」を一つ書き足す。

東野　あ、すいません。
藤岡　君（関根）はどうなんだ？
関根　間違いはないですが。
藤岡　ですが何だ。
関根　この（と資料を示す）最後の部分。
藤岡　どこだ。
関根　「運転手の関根は思った——『なんて勇敢な警官なんだ』」というところですが。
藤岡　そこが違うのか。
関根　いいえ、違いはしません。けど——。

藤岡　けど何だ。
関根　いえ。
松平　何だ、関根くん。言いたいことがあればハッキリ言ってくれ。これはそういうことを忌憚なく言うための会議なんだから。
関根　ハイ。じゃあ、言います。
藤岡　ああ。
関根　これだと、わたしだけ間抜けなように思えます。
松平　だってそう言ったじゃないか、君は。
関根　言いました。けど、わたしだけじゃなく、他のみなさんもそう思ったんじゃないですか。
藤岡　どうなんだ。
中村　ハイ？
藤岡　君たちもそう思ったのか――「なんて勇敢な警官なんだ」と。
中村　はあ。
古田　……。
高山　（手を挙げて）よろしいですか。
藤岡　ああ。
高山　わたしはそうは思ってませんでした。
松平　じゃあどう思ってだんだ。
高山　わたしは「なんて勇敢な警官なんだ」と言うよりは――。
松平　ああ。
高山　「何だ何だ何だ」というような気持ちでした。

人々　……。
松平　古田くんは？
古田　わたしもどちらかと言うと高山さんと同じような。
松平　つまり「何だ何だ何だ」ということか。
古田　ハイ。訳がわからず呆然としていたと言いますか。
松平　中村くんは？
中村　ちゃんとは覚えてませんが。
松平　ああ。
中村　「なんて勇敢な警官なんだ」とは思いませんでした。
藤岡　じゃあ、間違ってはいないということだな、これは。
三人　（うなずく）
松平　じゃあその点はそれでいいな、関根くん。
関根　いいですよ、みなさんがそう言うなら。
藤岡　他には？　他に訂正する点はないのか？

報告書を見ている人々。

中村　とりあえずこれでいいと思います。
高山　わたしも特に異論は。
古田　わたしも。
松平　（藤岡に）ということです。

藤岡　一つ確認だが、君たちが警官の言った言葉が本当かもしれないと思ったのは、前の脅迫事件と関連づけた結果ということだな？
中村　そうです。
関根　しかも、犯人は支店長の自宅が巣鴨にあることを知ってましたし。
藤岡　お手数だが、そのへんの事情も盛り込んで、本部への提出用の報告書を作ってくれ。彼らが騙されるにはそれなりの「伏線があった」ということをね。
松平　わかりました。

黙っている人々。
古田、目をこすっている。

藤岡　大丈夫か、古田くん。目が赤いぞ。
古田　すいません、大丈夫です。
東野　よろしいでしょうか。
松平　何だ。
東野　お話に出てきた「ブロック塀」というのはどのへんにあるんでしょうか。
松平　何？
東野　ですから、みなさんが隠れたアレは――。
松平　どのへんだ？

高山、立ち上がって黒板で「ブロック塀」の位置を示す。

高山　この辺りです。ガソリン・スタンドはここ。

高山、黒板に「ブロック塀」と「ガソリン・スタンド」の位置を書き足す。

東野　ありがとうございます。

黙っている人々。

中村、立ち上がる。

中村　申し訳ございませんッ。わたしどもがもっと注意深く事に当たればこんな結果には。

藤岡　やめてくれ。今さらそんなこと言っても仕方ない。

中村　しかし――。

藤岡　中村くん。

中村　ハイ。

藤岡　反省は後だ。わたしたちに今できるのは謝ることじゃない。

中村　……。

藤岡　このふざけた犯人が捕まれば、金も戻る。

人々　……。

藤岡　そして、犯人逮捕のカギを握る人間は今ここにいる。他ならぬ君たちだ。

人々　……。

藤岡　なぜなら君たちこそ、犯人の顔を知る最大の目撃者だからだ。
人々　……。
藤岡　これで（と報告書を示し）大まかな事件の経過はわかった。しかし、細かい点がよくわからん。今日はそのへんのところをちゃんと聞いておきたくてな。
人々　（顔を見合わせて）……。
藤岡　（東野に）すまん、お茶をくれ。
東野　ハイ。

東野、茶の準備をする。

松平　どうだった？
中村　ハイ？
松平　行ってきたんだろ、警察の事情聴取。
中村　ええ。
松平　何を聞かれた？
中村　えー主に犯人のことです。
松平　どういう？
中村　ですから、その、人相と言いますか、特徴と言いますか。
高山　次長はモンタージュ写真をご存知ですか。
松平　何？
高山　モンタージュ写真です。犯人の顔を写真でこう――いろいろ組み合わせて作る写真。

松平　それが何だ。
高山　それを作るということです。
松平　警察が？
高山　ハイ。ですから明日、またみんなで警察へ。
松平　そうか。そりゃまたご苦労なことだな。

支店長は報告書を見ている。

藤岡　関根くん。
関根　ハイ。
藤岡　その白バイの男のことだが。
関根　ハイ。
藤岡　どんな風に説明したんだ、警察に。
関根　はあ。
藤岡　はあって何だ。
関根　警察でも同じことを何度も聞かれたんですが。
藤岡　ああ。
関根　若い男という以外は——その、ハッキリしたことは——何と言うか。
藤岡　しかし、見てるんだろう、君らは、みんな、犯人の顔を。
人々　……。（とうつむく）
藤岡　何だ、なんでみんな黙ってる？

中村、立ち上がる。

中村　支店長。
藤岡　何だ。
中村　次長はさっき「言いたいことを忌憚なく言え」とおっしゃいました。「それがこの会議の目的」だ、と。それは間違いないですよね。
藤岡　もちろんだ。
中村　今日、ここに戻る途中にみんなで話し合いました。
藤岡　何を。
中村　犯人の人相に関してです。
藤岡　ああ。
中村　警察の事情聴取でみなそれぞれに話しました。いったい犯人はどんな顔をしていたのか？
藤岡　ああ。
中村　若い男であることは全員一致しています。警察でも各人、そのように証言しました。
藤岡　うん。
中村　「白いヘルメットに黒革のジャンパー。ヘルメットにマイクがついていて、顎の辺りを黒革のバンドでとめていた」――。
藤岡　うん、うん。
中村　「身長は一六五センチくらい。やせ型、色白、面長、細面」――。
藤岡　よく見てるじゃないか。

中村　いえ、見ていません。
藤岡　何？
中村　見てないんです、ちゃんと。
藤岡　……。
中村　唯一、犯人と会話した関根さんでさえ。

古田、おもむろに立ち上がる。

古田　申し訳ありませんッ。

高山も立ち上がる。

高山　すいませんッ。

関根も頭を下げる。

松平　ちょっと待ってくれ。そんな馬鹿な話があるか。だってそうだろう？　犯人は君らのすぐ目の前にいたんだろう。なのになんでそれがわからないんだ？
中村　考えてもみてくださいッ。犯人と我々のやり取りは時間にしてたぶん二十秒くらい。わたしは助手席、高山と古田は後部座席です。車の窓枠が邪魔してよく見えません。
松平　……。

藤岡　しかし、しかし、だ。車の外に出たんだろう、君たちは。
中村　出ました。けど、外は大雨で視界は悪い上に、犯人はヘルメットを被ってました。
松平　けれど、今、言ったじゃないか、君は。「やせ型で色白の」……。
中村　それはあくまで印象です。顔はハッキリしません。
松平　……。
高山　支店長、古田くんの目がなんで赤いかご存知ですか。
藤岡　いや。
高山　泣いたからです。本当は見ていないのに、見ていたようなことを刑事の前で言わざるをえない状況に追い込まれたプレッシャーで。
古田　重ね重ね。（と頭を下げる）
高山　わたしたち三人は泣いてはいません。しかし、気持ちは古田と同じです。

動けず呆然とそれを聞いている東野。

間。

藤岡　……お茶、もらっていいかな。
東野　あ、ハイッ。どうぞッ。

と茶を藤岡に渡す東野。

松平　支店長。

藤岡　ちょっと待ってくれ。頭を整理する。

東野、人々に茶を出す。
黙って茶を飲む人々。

藤岡　中村くん、さっき何て言った?
中村　ハイ?
藤岡　君が言った犯人の特徴だ。「やせ型」とか何とか。
中村　「やせ型、色白、面長、細面」でしょうか。
藤岡　それはまったくの嘘だ、と?
中村　いえ、決して嘘じゃありません。
藤岡　しかし、見てないんだろう、犯人の顔を。
中村　それは主に運転席の関根さんの意見を元にしたものです。
藤岡　じゃあ、まったくのデタラメというわけじゃないんだな。
中村　一番犯人の近くにいた関根さんの言うことですから。

藤岡、関根のところへ行く。

藤岡　関根くん、そこに間違いはないんだな?
関根　はあ。
藤岡　はあって何だッ。

関根　少なくとも「でっぷりした丸顔・色黒の醜男」ではありませんでした。
藤岡　……。
松平　つまり、一番近くにいた関根くんでさえハッキリしない、と。
関根　すいません。

黙って茶を飲む人々。

松平　支店長。
藤岡　ちょっと待ってくれ。頭を整理する。

黙ってしまう人々。

東野　あの、お茶のお代わり、いかがですか。
藤岡　いらんッ。
東野　すいませんッ。

その場を行ったり来たりする藤岡。

中村　言い訳に聞こえるかもしれませんが。
藤岡　……。
中村　想像してください。府中警察の取り調べ室で、厳つい顔した刑事さんたちに矢継ぎ早に質

人々　問されるわたしたちを。
中村　……。
人々　「犯人はどんな人相でしたか」「何か特徴はありませんでしたか」「あなたの証言が犯人逮捕の決め手になるんです」「些細なことでも構いません」「思い出してください」——。
中村　……。
人々　それに現金を強奪された上に「犯人の顔がわかりません」では、きっと世論は黙ってません。
中村　……。
人々　たぶんマスコミは書き立てます。「うっかり銀行員、犯人の顔を見逃す。問われる銀行側の落ち度」——。
中村　……。
人々　つまり、我々、関東信託銀行国分寺支店は世論の非難の矢面《やおもて》に立たされます。
中村　……。
人々　とても「見ていない」とは言えませんでした。
中村　……。

黙ってしまう人々。

藤岡　大方、話はわかった。
人々　……。
藤岡　いくつか確認させてくれ。

人々　……。
藤岡　今日、警察でそれぞれが、犯人に関してにどんな証言をしたのか教えてくれ。
人々　……。
藤岡　東野くん、書いてくれ。中村くんから。
中村　お待ちください。

中村、手帳を取り出す。

中村　（見て）えー「年齢は二十二、三歳。身長は一六七センチ」と。特徴は「面長《おもなが》、色白。ヘルメットに黒革ジャンパー」という感じです。

東野、それを黒板に書く。

藤岡　高山くんは。
高山　（手帳を出して）「年齢は二十三、四歳。やせ型、細面《ほそおもて》、色白。白ヘルにマフラー――それに「革の茶色のコート」です。

東野、それを黒板に書く。

藤岡　古田くんは？
古田　（手帳を出し）「年齢は二十歳から二十二歳くらい。身長は一六〇から一六五センチ。やせ型、面長、色白」――それと「目がきれい」と。

東野、それを黒板に書く。

藤岡　関根くんは？

関根　（手帳を出し）「年齢は二十二、三歳。身長は一六八センチくらい。やせ型、細面、色白、きれいな目。眉毛ははっきりしていた。鼻筋が通って神経質に見えた」加えて「東京弁で好男子」と。

藤岡　好男子――。

東野　すいません。関根さんのをもう一度。

関根　「年齢は二十二、三歳。身長は一六八センチくらい。やせ型、細面、色白、きれいな目。眉毛ははっきりしていた。鼻筋が通って神経質に見えた」――それに「東京弁で好男子」。

東野、それを黒板に書く。

藤岡　そう証言したんだな、君たちは、「見ていない」にもかかわらず。

中村　お言葉ですが支店長。わたしたちはまったくのデタラメを言ってるわけでは。

藤岡　しかし、ちゃんと顔を見てないいんだろう？

中村　はあ。

黒板を見ている松平。

松平　みんな共通してる特徴があるよな。その「色白」とか「面長」とか「やせ型」とか。
高山　そうですね。
松平　それはそのように感じたということか？
高山　そうです――あ、もちろん、他の人たちの証言に追随したところがある点は認めますが。
松平　証言の中で一番具体的なものは関根くんのものであるように思うんだが。
関根　ありがとうございます。
松平　犯人は「きれいな目」をしていて「好男子」と。
関根　ハイ。
松平　それは、つまり「ハンサム」ということか？
関根　そうです。
松平　犯人が「好男子」だと感じたのは、顔を見てるってことじゃないのか。
関根　そうですが、見えたのはこのへん（目と鼻）だけでしたから。
藤岡　「目がきれい」ってのはどういう意味だ？
関根　と言いますと？
藤岡　どういう目が「きれい」なんだ？
関根　はあ。
藤岡　古田くんも確かそう言ってたよな。
古田　ハイ、目だけはちょっと印象に残ってるもので。
藤岡　どういう目だ。
古田　どういうと言われても。

藤岡　例えばだ、わたしの目はきれいか？
古田　……さあ。ハハハハ。
藤岡　笑い事じゃないッ。ちゃんと答えなさいッ。
古田　きれいじゃありません。
藤岡　じゃあ、どういう目なら「きれい」なんだッ。

と机を叩く藤岡。

松平　支店長、落ち着いてくださいッ。
藤岡　……すまん。

と東野を藤岡の前に連れてくる関根。

関根　例えば、こういう目です。
東野　え？

人々、東野の目を覗き込む。

東野　……。
中村　確かに。
高山　似てるかも。

古田　背丈もこのくらいじゃないですか。
東野　……。
藤岡　東野くん、君の年齢は？
東野　二十三です。
藤岡　じゃあ、犯人と同じくらいの年齢ということだな。
東野　はあ。
藤岡　次長、すまんが、ヘルメットを持ってきてくれ、ホラ防災訓練の時に使ったアレ——備品室にあるはずだ。
松平　ヘルメットですか。
藤岡　ああ。
松平　……。
藤岡　察しが悪い男だな。彼にヘルメットを被ってもらって、犯人の顔をもう一度検討するんだよッ。
松平　なるほど。今すぐ。

松平、その場を去る。

藤岡　関根くん。
関根　ハイ。
藤岡　彼（東野）は「好男子」か？

関根、東野をじっと見る。

東野　(ニコリとする)
関根　微妙ですね。
藤岡　どういう意味だ。
関根　鼻はこんなに低くないと。それに犯人は全体にもっとキリリとしていると言うか――。
藤岡　それと比べると、全体にキリリとしていない、と。
関根　ハイ。
藤岡　他のみんなはどうなんだ。
中村　さあ、わたしは何とも。しかし、背格好はこんなものだと。
高山　ええ、こんな感じだと思います。
藤岡　古田くんはどうなんだ。
古田　(東野に)ちょっと頼んでいいかな。
東野　何でしょう。
古田　もう少し目を細めてもらえるかな、キッと。
東野　キッとですか。
藤岡　何ためらってるんだッ。やってくれッ。

東野、目をキッとする。

古田　台詞をお願いします。

東野　台詞？
古田　「関東信託銀行の車ですね」――。
藤岡　やれッ。
東野　「関東信託銀行の車ですね」――。
古田　……。
藤岡　どうだ？
古田　……目だけは似ていると思います。
藤岡　しかし、他はそうでもない、と？
古田　ハイ。彼に比べると犯人はもっと色白の好男子です。そこは断言できます。
藤岡　ふーむ。

東野、目をキッとする。

藤岡　もういい。
東野　……。

そこへ松平が白いヘルメットを持って戻ってくる。

松平　これでいいでしょうか。
藤岡　ああ。ホラ早く被せて、被せて。

そして、ヘルメットを被せる。
そして、近くにあった誰かのマフラーで東野の口許を隠す。
東野、架空のバイクに乗って停止する。

東野　（目をキッとして格好よく）「関東信託銀行の車ですね」――。
人々　……。
東野　何ですか。何とか言ってくださいよッ。
藤岡　どうだ、似てるのか？
関根　よく似てると思います。
中村　似てます。
高山　こんな感じです。
古谷　目許が特に。
藤岡　そうか。

人々、椅子に座る。

藤岡　東野くん、君が実は犯人だったたってことはないよな。
松平　ハハハハハ。

しかし、他の人は誰も笑わない。

藤岡　冗談だよ。
東野　あの、これ（ヘルメット）はもう。
藤岡　もう取っていいよ。

東野、ヘルメットを脱ぐ。
藤岡、黒板を見ている。

松平　支店長、先程、中村くんが言っていたことを覚えてますでしょうか。
藤岡　何だ。
松平　「金を奪われた上に『顔がわからない』では、世論は黙っていない」と。
藤岡　……。
松平　確かに下手をすると我々は社会的責任を問われる可能性が。
藤岡　……。
松平　彼らの不注意は確かに責められてしかるべきことかもしれません。しかし、そうである以上、何か手を打たないと。
藤岡　……。

黙ってしまう人々。

中村　支店長、わたしたちは知ってることを正直に申し上げました。
藤岡　……。

中村　事態はすでに我々だけの問題ではないか、と。
藤岡　……。
中村　モンタージュ写真の問題もあります。
藤岡　……。
中村　今後のご指示をお願いします。

藤岡に注目する人々。
藤岡、支店長席の背後にある「誠心誠意」という文字を見ている。

藤岡　諸君。わたしは常々、正直であることは美徳であると思って生きてきた人間だ。
人々　……。
藤岡　何事に対しても嘘をつかずに誠心誠意尽くすこと――そのように思って生きてきたし、それが銀行員のモットーだとも思っていた。
人々　……。
藤岡　今回、わたしたちは三億円にも及ぶ現金を何者かに強奪されるというまったくの不慮の事態に直面した。
人々　……。
藤岡　誰が悪かったわけではない。まったく降ってわいた災難だ。
人々　……。
藤岡　しかし、幸いと言うべきか、保険会社の補償で実害はさほど大きくならない見通しだ。
人々　……。

藤岡　後はこの問題に直面した我々が社会に対してどのように向き合うかだ。
人々　……。
藤岡　どのような被害であるにせよ、それは最小限に抑えたい。これが支店を任されたわたしの使命だ。
人々　……。
藤岡　結論を言う。
人々　……。
藤岡　「本当は犯人の顔を見ていませんでした」とは決して言うな。
人々　……。
藤岡　君たちは犯人を見た。特徴はここ（黒板）に書いてある通りだ。

と黒板を示す藤岡。

藤岡　「色白、面長、細面の好男子」……ひるむことなく堂々と主張してくれ、憎むべき犯人がどんな男だったのかを。
人々　……。
藤岡　君たちは何も悪くない。悪いのは金を奪った犯人だ。
人々　……。
藤岡　嘘をつくことを強要するようで悪いが、それがわたしたち銀行の取るべき選択だと考える。
人々　……。
藤岡　言うまでもないが、これは苦渋の決断だ。

人々　……。
藤岡　異論があるなら言ってくれ。
人々　……。

黙っている人々。

中村　ありません。
高山　わたしも。
関根　それでわたしもいいと思います。
藤岡　古田くんはどうだ。

古田、立ち上がる。

古田　申し訳ありません。わたしは自信がありません。
人々　……。
古田　もちろん、支店長のおっしゃることもわかります。けど、刑事さんの前で嘘をつくわたしの身にもなってくださいッ。
松平　古田くん。
古田　相手は取り調べのプロです。わたしがつく嘘なんか一発で見破られるに決まってますッ。
高山　落ち着け、古田。
古田　けど。

高山　いいか、よく聞け。オレたちの強みは何だ?
古田　強み?
高山　ああ。
古田　何ですか。
高山　一人じゃないってことだ。
古田　……。
高山　一人じゃ心細いかもしれないが、こっちには四人もいるんだ。

と中村と関根を見る高山。

高山　みんなで一致団結してこの難局を乗り切ろうッ。
古田　でも。
関根　それに刑事さんが言ってたじゃないか。目撃者は我々だけじゃないって。
松平　そうなのか?
関根　ええ、対向車線から来た自衛隊の、えーと。
高山　竹内さん。
関根　そう自衛隊の竹内さんも犯行現場近くにいたんだ。彼がハッキリ言ってくれれば問題は何もない。
古田　……。
高山　大丈夫だ。それにありもしないデタラメを言うわけじゃないんだ。
古田　(うなずく)

中村　（藤岡に）わたしたちは大丈夫です。
藤岡　……ありがとう。

と頭を下げる藤岡。

藤岡　次長もそれでいいな。
松平　支店長がそう判断されるなら。
藤岡　よろしい。

東野、藤岡を見ている。

藤岡　東野くん、これは社外秘だ。誰にも漏らすなよ。
東野　ハイ。
藤岡　何だ、何か言いたいことが？
東野　はあ。

人々、東野に注目する。

東野　いや、いいです。すいません。
松平　「大人の社会は汚いな」そう言いたいのか。
東野　……。

松平　まあ、若い君にはまだわからないことかもしれんが、小の虫を捨てても大の虫を取らなければならんことがあるんだ、世の中には。
東野　いえ、そういうことを言いたいわけでは。
松平　じゃあ何が言いたいんだ。
藤岡　何だ。ハッキリ言ってくれ。
東野　はあ。もしも、もしもです。仮にみなさんがそのように証言すると。
藤岡　証言すると何だ。
東野　警察の捜査を混乱させてしまう可能性があるのではないのか、と。
人々　……。
松平　真実を述べろと言うのか、君は。
東野　いえ、そういうわけでは。
松平　君も話を聞いてたろう。「ちゃんと見てませんでした」では済まないんだッ。
東野　それはじゅうぶん。

黙ってしまう人々。

関根　確かに我々の目撃証言は事件解決の上で重要だよ。けど、我々の証言だけが犯人の逮捕の決め手となるわけじゃないだろう。
東野　どういうことでしょうか。
関根　犯人は多くの手掛かりを現場に残してるってことだよ。
人々　……。

関根　刑事さんが言ってたよ。「こんなにたくさん遺留品を残す犯人は相当バカだ」って。
人々　……。
関根　（人々に）前に知り合いが事故って捕まったことがあるんです、警察に。なんでかわかりますか？
松平　いいや。
関根　遺留品ですよ、遺留品。すぐに足がつくんです、現場に残ったガラスとか車の破片から。
人々　……。
関根　だから、手掛かりは我々の証言だけじゃないはずです。
松平　そうだ。犯人が乗ってきたバイクが残ってるんだよな、現場に。
関根　それだけじゃありません。爆弾に見せかけた発煙筒も。
古田　引きずってきたシートもあるッ。
高山　そうだッ。
藤岡　シートって何だ。
高山　犯人のバイクが引きずってきたんです、バイクにかける防水シートを。
関根　そういう証拠から警察はきっと犯人を見つけ出しますよ、きっと。日本の警察は優秀なんですから。
松平　そうそう。もしかしたら明日にでも逮捕なんてことだってあるかもしれない。そしたらこんな些細なことで悩んでるのが馬鹿みたいに思えるよ、きっと。

東野に近付き、肩に手を添える藤岡。

藤岡　納得してもらえるかな。
東野　わかりました。
藤岡　よろしい。

と人々に向き直る藤岡。

藤岡　諸君。これからが正念場だ。さっきの高山くんの言葉がすばらしかったのでもう一度言う。「一致団結」だ。その言葉を合い言葉にこの難局を乗り切ろう。

人々、立ち上がる。

中村　ハイッ。みんないいな。
高山　ああ。
関根　頑張りましょう。
古田　やれるだけやってみます。
藤岡　あっちの部屋を使っていいから、細かい証言の打ち合わせをしてくれ。
中村　あの、東野くんを借りていいでしょうか。
藤岡　そりゃいいが、どういう——。
中村　彼にさっきみたいにヘルメットを被ってもらって、人相の確認をみんなでしたいものですから。
松平　そういうことだ。乗り気じゃないかもしれんが、君（東野）も協力してくれ。

東野　……。
松平　これはお願いじゃない、業務命令だ。
中村　では、わたしたちはこれで。
関根　お邪魔しました。
高山　失礼します。
古田　すいません、みっともないところをお見せして。

中村、関根、高山、古田はその場を去る。
東野は人々のお茶を片付けようとする。

松平　ここはいいッ。片付けはわたしがやるから。
東野　じゃあ、お願いします。

東野、白いヘルメットを持って去る。
舞台に残る藤岡と松平。

松平　お茶、飲みますか。
藤岡　ああ。

松平、新しいお茶の準備。

松平　何か？
藤岡　いや。

黒板の文字を黒板消しで消す藤岡。

松平　支店長の思ってることはわかります。
藤岡　うん？
松平　「このままでいいのか、いけないのか。それが問題だ」――。
藤岡　ハハハハ。よくわかるな。
松平　付き合い長いですから。
藤岡　……
松平　明日は十時でよろしいですか。
藤岡　うん？
松平　損失金の補塡の件です、保険会社の。
藤岡　ああ。
松平　では、十時前にロビーでお待ちします。
藤岡　よろしく頼む。
松平　ハイ。

藤岡、自席に戻る。

藤岡　みんなの前では言いにくかったかもしれんが正直に言ってくれ。
松平　ハイ。
藤岡　わたしの判断は間違ってるか?
松平　……。
藤岡　どうだ?
松平　間違ってると思ったらお茶は淹れません。
藤岡　そうか。

藤岡は机の上のラジオをつける。
アナウンサーが曲を紹介する。

アナ（声）「――でした。今後の成り行きが注目されます。では、ここで音楽をお聞きください。今年の大ヒット曲、ピンキーとキラーズで『恋の季節』です」

「恋の季節」がラジオから流れる。

松平　どうぞ。

と茶を出す松平。
藤岡、それを受け取り飲む。
曲を聞いている二人。

と暗くなる。

2 モンタージュ写真

前景と同じ関東信託銀行の支店長室。
一九六八年十二月二十二日（前景から九日後）の夜。
藤岡がソファに座って新聞を広げている。

藤岡 ……。

そこへ松平が「失礼します」と言ってやって来る。

松平 （奥に）こっちへ。あ、そこストーブに気をつけてッ。

続いて東野。
東野は大きなダンボール箱を運んでいる。

松平 届きました、今しがた。
藤岡 何がだ。
松平 モンタージュ写真のポスターです、警察から。

藤岡　（箱を見て）こんなにあるのか。
東野　まだあっちに二箱あります。
藤岡　……頑張ってバラまけってことか。

藤岡、箱から一枚のポスターを取り出す。
そして、それを眺め、近くの黒板に貼り付ける。
有名な「三億円事件」のモンタージュ写真。
そこに写った白ヘルメットの男。

藤岡　ちょっとこっちへ。

と東野をポスターの脇に立たせる。
藤岡と松平、ポスターの顔と東野の顔を見比べる。
その顔はどことなく東野の顔に似ている。

人々　……。

藤岡、ソファに座る。

藤岡　（頭を抱えて）……。
松平　どう思われますか。

藤岡　どうもこうも、言わなくてもわかるだろう。
松平　ハイ。わたしも支店長と同じように思います。
藤岡　……。
松平　確かにこれじゃ犯人と疑われても仕方ありません。
東野　……。
松平　まずいことに行員の間でも噂になってます。
藤岡　何が。
松平　彼のことです。余りに似ている、と。
藤岡　それで？
松平　一笑に付しておきましたが、さらにまずいことに噂を聞きつけたマスコミが彼のことを嗅ぎ回ってます。東野くんが警察の任意同行を求められるのも時間の問題か、と。

藤岡　……。
東野　今朝、田舎の母から電話がありました。
藤岡　なんて？
東野　心配してました、「お前が犯人じゃないのか」と。
松平　心配するな。君のアリバイはわたしと支店長が命をかけて証明するから。

　　と東野の肩に手をかける。

東野　……。
松平　わたしとしては、噂が噂を呼ばないように変装するように促したんですが、本人が受け入れません。

東野　当たり前じゃないですかッ。そんなことしたら余計に疑われますッ。

藤岡　……すまんが、水をくれ。

東野、しぶしぶ水を用意する。
藤岡、粉末の胃薬を出す。

松平　調子が戻りませんか、その後。

藤岡　悪化の一途だ。

藤岡、胃薬の封を切る。

松平　調子の悪い時にお知らせするのは気が引けるんですが。

藤岡　何だ、まだ悪い知らせがあるのか。

松平　古田くんの様子が。

藤岡　古田くんがどうした？

松平　三日前くらいからおかしくなりまして。

藤岡　おかしく？

松平　ハイ。

藤岡　何がおかしいんだ？

松平　先日、警視庁でやったモンタージュ写真の作成ですが。丸三日間だそうです、朝から晩ま

藤岡　で。それを根を詰めてやった結果。
松平　ああ。

藤岡、胃薬を飲もうとする。

松平　精神をちょっとアレしたらしく。

藤岡、むせる。

松平　大丈夫ですか、支店長ッ。
藤岡　……。

藤岡、東野の持ってきた水を飲む。

藤岡　どういうことだ、精神をアレしたって。
松平　会っていただければわかります。

そこへ中村、関根がやって来る。

中村　失礼します。
関根　お邪魔します。

続いて高山といっしょに古田がやって来る。

高山 お疲れ様です。

古田 (頭を下げる)

古田、極端に元気がない。

人々 (古田に注目)

古田、頭を左右に振る。

古田 はあっ。(と溜め息)

そんな古田を呆然と見つめる藤岡たち。

松平 集まりました。

藤岡 ……みんな、ご苦労様。座ってくれ。中村くん、ちょっと。

と中村を呼ぶ藤岡。

人々、ソファに座る。

みな前より憔悴している。

藤岡　（小声で）大丈夫なのか、古田くん。

中村　はあ。

藤岡　もしも、調子が悪いなら帰ってもらった方が。

中村　わたしもそう言ったんですが、本人がどうしても出席する、と。

藤岡　そうか。

藤岡、人々に向き直る。

藤岡　昨日、警視庁がマスコミ各社に犯人のモンタージュ写真を公開した。その写真が新聞各紙のトップを飾ったのは知っての通りだ。

人々　……。

藤岡　ここにも先程、このポスターが大量に届いた。これだ。

と黒板のポスターを示す藤岡。

藤岡　今日はモンタージュ写真作成がどういう経緯で行われたのか——加えて、先日重要な容疑者として特定されながら自殺した少年の面通しを行った結果を報告してもらいたい。

人々　……。

藤岡　（咳払いして）まずはその後の捜査の進展状況を。次長、頼む。

松平、資料を手に立つ。

松平　新聞各紙の報道によると、本件は以下のような経緯を辿って本日に至ります。「白バイ警官に偽装した犯人は検問を突破して行方をくらました。事件が起こった十二月十日。犯行から約一時間後の十時過ぎに奪われた日産セドリックは、市内の国分寺史跡近くの空き地で発見。ジュラルミンケース三個はなし。犯人はそこで金を別の車に移し変え、その車に乗って逃走したと思われる。目撃証言から警察は乗り換えられた車は『濃紺のカローラ』、車両ナンバー『多摩５ろ３５１９』と特定。この車は盗難車で、番号から日野市に住む会社員所有の車と判明したが、未だに発見に至らず」――。

聞いている人々。

松平　「そんな折、警察当局は国立市に住む十九歳の少年を重要参考人として特定、事件発生から五日後の十二月十五日、事情を聞くべく少年の家を訪ねたが、少年は不在と言われる。しかし、家族に匿われていた少年は、その日の深夜、隠し持っていた青酸カリを飲んで服毒自殺。当銀行の目撃者たちによる面通しの結果、少年は警察によりシロと判断された」――。すなわち、事件発生から十二日目の本日に至っても犯人逮捕に至っていないということです。

黙っている人々。

しかし、古田だけは落ち着きがない。
それをたしなめる高山。

藤岡　じゃあ、まずモンタージュ写真がこうなった訳を聞こうか。中村くん。

と黒板のポスターを示す藤岡。

中村　ハイ。（と手帳を出し）モンタージュ写真の作成は、先日の会議の翌日、十二月十四日の午前中から桜田門にある警視庁の一室で行われました。担当の刑事さんは三名。府中署の刑事さん、警視庁の刑事さん、それに鑑識の前田さんという方です。その筋じゃ物凄く有名な人だそうです。

関根　何年か前にあった「芦ノ湖殺人事件」をご存知ですか。タクシー運転手が殺された事件。その人が作ったモンタージュ写真がきっかけで犯人は逮捕されたそうです。

中村　正直言って参りました。出てくる出てくる、次から次へと。

松平　何が。

中村　容疑者の写真です。正確にはわかりませんが、大量の。なあ。

高山　一日目はまだ何とか頑張れました。けど、二日目からは。

関根　たぶん千、いや、みんなで見た分入れりゃ万単位じゃないですかね、あれは。

高山　その日から古田はよく眠れていないようです。

古田　その通りです。ハハハハ。

と力なく笑う古田。

藤岡　それで？

中村　合計三日間です。ああでもないこうでもない、と。

松平　他にもいたのか、そこに？　ホラ、自衛隊の目撃者とか。

中村　いいえ、わたしたちだけです。予想通りと言うか、我々の目撃証言が最重要視されました。

藤岡　……。

中村　こう言うとアレですが、古田の心配は当たっていました。

藤岡　と言うと。

中村　あれはちょっとした拷問です。

古田　拷問でした。ハハハハ。

と力なく笑う古田。

中村　想像してください。正解のない答えを出さなければならなくなったわたしたちの心情を。それはすなわち、全部が当たりで全部が外れということです。

藤岡　……。

中村　そんな状況の中、幸いと言うべきか、わたしたちには一つのモデルが存在しました。

中村、東野の元へ行く。

中村　そうです。涼しげな目を持つこの男です。

東野、目をキッとする。

中村　わたしたちは必死で探しました、この男に似ている写真を。
人々　……。
中村　三日目の夜です。最初に声を挙げたのは高山くんでした。
高山　(うなずく)
中村　高山くんは一枚の写真を手に取り、このように掲げ、刑事さんたちの前に差し出しました。
藤岡　……。
中村　「似てますか、これが?」刑事さんは問いました。わたしたち四人は身を乗り出してその写真を覗き込みました。
藤岡　……。
中村　そこにいたのは、東野くんに似た涼しげな目を持つ若い男でした。
藤岡　そして、その挙げ句こういうことになったということか。

と黒板のポスター示す藤岡。

中村　その通りです。
藤岡　……。
中村　申し訳ありませんッ。

藤岡　ハハハハ。

と笑い出す藤岡。

藤岡　これですっかり有名人だな。

と東野の肩に手をかける藤岡。

東野　笑い事じゃありませんッ。どうなさるんですか、この事態をッ。

藤岡　……。

東野、新聞を手に取る。

東野　ここにもわたし！

東野、黒板のポスターを示す。

東野　ここにもわたし！　ここにも！（とダンボールを示す）あっちにダンボール二箱ぶんのわたし！

松平　落ち着けッ。

東野　しかし。

松平　言ったろう、君が犯人じゃないことはわたしたちはよく理解している。
東野　言った通りじゃないですかッ。こんなことすると警察を混乱させることになるとッ。

古田、立ち上がる。

藤岡　わあッ。何だ何だ何だッ。
古田　……。
藤岡　どうした、古田くん。

古田、土下座する。

古田　申し訳ありませんッ。本当に、本当にこの通りですッ。

と額を床に押しつける古田。

松平　やめないかッ。君だけに責任があるわけじゃないんだから。
古田　いいえ、自分の責任ですッ。自分がもっとしっかり犯人の顔を見てればこんなことには。(と泣く)
松平　そんなことはない。誤解するなよ。わたしたちは加害者じゃない、被害者なんだから。
古田　考えてみてくださいッ。もしも、少年が犯人だとします。なぜ彼は自殺したんですか？
松平　なぜって。

古田　わたしたちに顔を見られて、追い詰められたからでしょう。
松平　まあ。
古田　だとしたら無駄死にじゃないですかッ。わたしたちは見てないんですからッ。
松平　考え過ぎだよ、それは。そんな風に自分ばかりを責めるのはよくない。
古田　……。
松平　座ろう、な。ちょっと落ち着いて。

と古田を立たせる松平。

古田　すいません、ちょっと失礼します。

と行こうとする。

藤岡　ちょっと待てッ。どこへ行く？
古田　気分が悪いので、ちょっとトイレへ。

古田、その場を去る。

藤岡　一人にして大丈夫なのか。
高山　さあ。
関根　ちょっとしたノイローゼですよ。

松平　医者に連れてった方がいいんじゃないか。
高山　わたしには何とも。
松平　症状が悪化してナニするなんてことはないよな。
高山　ナニと言うと？

松平、「首を括《くく》る」というゼスチャー。

高山　そんな。
人々　……。
藤岡　見てこいッ。
高山　ハイッ。

とその場を去る高山。
黙っている人々。

藤岡　……話はだいたいわかった。

と自席に戻る藤岡。

東野　支店長。
藤岡　言わなくていい。君が言いたいことはわかる。しかし、発表されてしまった以上、その顔の刷り直しはできない。

藤岡　……。すまんがお茶を頼む。

東野、茶の準備をする。

中村　悪夢を見るらしいです。

松平　誰が。

中村　古田くんです。ここんとこずっと。

松平　どんな。

中村　町中歩いてると白ヘルの警官がいる。「あいつだ！」と思ってその警官を追いかける。ふと気付くとそこは誰もいなくなった深夜の銀行。警官はいない。諦めて帰ろうとすると、その警官がかがんで靴の紐を直している。警官にそっと近付いて肩に手をかけて振り向かせる。その顔はのっぺらぼう。

松平　かなり怖い夢だな。

中村　もともとプレッシャーに弱いとは本人も言ってましたから。

松平　そうか。

東野、お茶を人々に出す。

関根　（東野を見て）しかし、世間のみなさんも、三億円事件の犯人がこんなところにいるとは夢にも思わないでしょうなあ。ハハハハ。

誰も笑わない。

関根 ……失礼。
藤岡 自殺したその少年のことだが。
中村 ハイ。
藤岡 何者なんだ。
中村 刑事さんの話だと立川を拠点とする不良グループのメンバーだそうです。
藤岡 警察はなぜ彼が犯人だと？
中村 前にも似たような強盗事件を。逮捕歴もあり、鑑別所にも。
関根 それにやっこさんの親父さんが白バイの警官で、そういう知識があったらしいです。
藤岡 ……。
松平 どんな顔なんだ。
中村 はあ。

そこに古田と高山が戻ってくる。
古田はなぜか白いヘルメットを被っている。

古田 お待たせしましたッ。
高山 馬鹿ッ。取れ、そんなものッ。

古田　落ち着くんです、これ被るとッ。

高山、古田からヘルメットを脱がせる。

松平　大丈夫か。

古田　大丈夫です。

としぶしぶ自席に戻る古田。

人々　……。

藤岡　（気を取り直して）少年の素姓については今、彼らから聞いた。その男の「面通し」の報告をしてくれ。

中村　じゃあ、それは関根さんから。

藤岡　頼む。

関根　最後のモンタージュ作りを警視庁でしていた十六日の夜です。担当刑事さんから「犯人と思われる容疑者が自殺したので、その面通しをしてほしい」と。

藤岡　それで？

関根　刑事さんといっしょに行きました、みんなで、次の日の夜に。国立《くにたち》にあるその男の家へ。雪がチラつく寒い夜でした。

人々　……。

関根　少年が青酸カリを飲んで自殺したのは前の日の深夜ということでした。家に入る前、刑事

藤岡　さんが「何もしゃべらず顔を見てくれればいい」とわたしたちに言って、わたしたちは警察の者と偽って家の中へ。
関根　うん。
藤岡　一階の部屋で、男は布団の上に横たわってました。顔には白い布が。
関根　……。
藤岡　部屋の隅にはご両親も同席してます。
関根　……。
藤岡　刑事さんが布を取って、我々はその男の顔を見ました。
関根　それで？
藤岡　安らかな死に顔でした。

古田、白いヘルメットを被って泣く。
高山、ヘルメットを脱がせて慰める。

藤岡　……そういうことじゃなく、どういう顔だったんだ？
関根　はあ。
藤岡　そいつは「色白で面長細面の好男子」だったのか？
関根　……ハイ。
松平　じゃあ、そいつが犯人じゃないかッ。
藤岡　それで？
関根　「どうですか？」と刑事さんは聞きました。わたしたちは顔を見合わせました。

藤岡　うんうん。
関根　「間違いありません。こいつですッ」と言えばすべてが終わる。
藤岡　うんうん。
関根　しかし、その時、別の顔がわたしの脳裏に。
松平　別の顔？
関根　ハイ。
藤岡　誰の？

関根、東野を指差す。

東野　え？
四人　（うつむいている）
松平　なんで？
関根　選んだ後だったからです、わたしたち四人が「容疑者に似てる」と言った写真を。
人々　……。
関根　葛藤しました。確信はありませんが、自殺した男はまぎれもなく「色白、面長、細面の好男子」です。わたしたちが「こいつに間違いありません」と言えば事件は解決だったかもしれません。
人々　……。
関根　けれど、運命のいたずらか、その直前にわたしたちは別の男の写真を選んでたんです。そう、この男に似た人間の顔を。

と東野に白いヘルメットを被せる。

人々　……。

藤岡　「違う」と言ったのか、この男の顔と違うから?

関根　その通りです。

中村と高山、立ち上がる。

中村　申し訳ありませんッ。

高山　申し訳ありませんッ。

古田、ヘルメットを東野から奪って被り、うずくまって泣く。

松平　被らなくていい、なんでいちいち被るんだッ。

とヘルメットを脱がせる松平。

松平　つまり、こういうことか。警察がその不良を犯人じゃないと断定したのは、君たちが否定したからだ、と?

人々　……。

松平　黙ってないで答えなさいッ。
中村　それがすべてではありませんが。
松平　ありませんが何だ。
中村　大きな根拠の一つになっている、と。

絶望して頭を抱える藤岡。
黙ってしまう人々。

東野　ハハハハ。

と笑い出す東野。

東野　言った通りじゃないですか、わたしのッ。「正直に話さないと捜査を混乱させることになる」と。
人々　……。
高山　警察がそいつをシロと判断したのはそれ以外にも理由があるからだッ。
東野　……。
高山　警察は犯人を脅迫状を送ってきた人間と同一犯だと確信してる。
東野　だから何ですか。
高山　事件が起こる前に多摩農協とここに送られた脅迫状。そいつはその頃、鑑別所にいて絶対にそれを出せない。だからそういう結果になったんだ。

東野　けど、もしかしたら犯人かもしれないんでしょ、その国立の少年が！
人々　……。
中村　じゃあ、君は「間違いありません。こいつが白バイの男です」と言えばよかったと言うのか。
東野　みなさんがそう思ったならそう言うべきでしょう。

中村、黒板のポスターを持ってくる。

中村　じゃあ、どう説明する、この写真とその男がまったく似てない事実を。
東野　……。
中村　それはわたしたちが犯人の顔を見てないことを暴露することだ。

黙ってしまう人々。

東野　わたしはどうなるんですか。
人々　……。
東野　こんなもの世間にバラまかれて、わたしはどのように生きていけばいいんですかッ。
藤岡　落ち着きなさい。
東野　しかし。
藤岡　いいから落ち着けッ。

黙ってしまう人々。

古田、立ち上がる。

古田 行ってきます。

松平 何だ、またトイレか。

古田 いいえ、警察へ。行って本当のことを言います。

古田、部屋を出て行こうとする。

藤岡 馬鹿な――。

それを止める高山、中村、関根。

古田 放して放してくださいッ。

高山 落ち着けッ。早まるなッ。

古田 耐えられませんッ、わたしにはもうッ。

中村 馬鹿なことをするなッ。

関根 まず落ち着こう、なッ。

と古田をソファに座らせる人々。

松平　これ被ってていいから。

とヘルメットを差し出す。
古田、それをひったくるように取って被る。

人々　……。

と電話が鳴る。
ハッとする人々。
藤岡、電話に出る。

藤岡　ハイ、関東信託銀行支店長室。……ああ、大丈夫だ。つないでくれ。
人々　……。
藤岡　（人々に）警察の人からだ。
人々　……。

古田、電話に出ようとする。
それを制止する人々。

松平　やめろ、馬鹿ッ。

古田の口を塞ぐ人々。

古田　むーむーむーむーッ。

藤岡、「しっ」と口に手を当てる。

藤岡　……支店長の藤岡でございます。あ——どうもいろいろお世話になります。……ハイ。……ハイ、届いております、ちゃんと。たくさん送っていただいてありがとうございます。行員一丸となって配布に努める所存でございます。……え？　……おります、確かに。本日もいつも通りに出勤しております。……変わったこと？　東野にですか？

人々、東野に注目する。

藤岡　いえ、特にはそのようなことは。東野が何か？　……ハイ、手配写真に？　……さあ、どうでしょう。わたしは特にそのようには感じませんでしたが。……なるほど。確かにそう言われれば、似てなくもないかもしれませんな。

古田、人々を振り切ろうとする。

古田　むーむーむーむーッ。

それを取り押さえる人々。

藤岡　……東野ですか。品行方正、真面目なすばらしい銀行員です。……え？　東野ですか？
さあ、どうでしょう。

東野、電話に「出たくない」とゼスチャー。

藤岡　さっきまで仕事してましたが、今ちょっと見えないですね。……出頭？　府中警察にですか？

東野　……。

藤岡　わかりました。見かけ次第すぐにそのように伝えます。……これから？　いいいいえ、結構ですッ。そんな今から来ていただくなんて、お手間を取らせてはアレですから。明日の朝一番でよろしいですか。……ハイ、わかりました。支店長生命にかけて必ず伺わせます。
……ハイ、よろしくお願いします。

と電話を切る藤岡。
古田を解放する人々。

人々　……。

藤岡　聞いてたと思うが、明日一番で警察へ行ってくれ。

東野　……。

藤岡　心配するな。わたしと次長もいっしょに行く。警察のみなさんに君が犯人じゃないことをキチンと説明するから。

東野　……。

黙っている人々。

藤岡　話はだいたいわかった。

黙っている人々。

藤岡　言うまでもないことだが、こういう事態を招いた責任は君たちだけにあるわけじゃない。

人々　……。

藤岡　しかし、起きてしまったことは起きてしまったことだ。

人々　……。

藤岡　後戻りはもうできない。

とモンタージュ写真のポスターを手に取り、見る。

藤岡　わたしは君たちはよくやってくれたと思ってる。

人々　……。

東野　それはあくまで真実は隠すということですか。

藤岡　……。
東野　警察に本当のことをしゃべらずに、このまま成り行きに任せるということですか。
藤岡　そうだ。
東野　……。
藤岡　それじゃ納得できないか。
東野　……。
松平　心配するな。君はあの日、あの時間、ここにいた。そのアリバイは誰がどう言おうと完璧なんだから。
東野　そういうことを言いたいわけじゃありません。

黙っている人々。

藤岡　古田くん。
古田　ハイ。
藤岡　君の悩みはわたしなりに理解したつもりだ。
古田　……。
藤岡　どんな嘘にせよ、嘘をつくことは辛いことだ。
古田　……。
藤岡　だから、君がどうしても警察に真実を話したいと言うならわたしは無理には止めない。
古田　……。
藤岡　しかし、事が明るみに出れば、君だけじゃなく他の人間にも大きな影響があることを忘れないでくれ。マスコミからの批判、本店の人事。

古田　……。

藤岡　ここにいる誰もが家族がいる普通の人間たちなんだ。

と古田の肩に手を添える。

藤岡　だからお願いだ。早まったことだけはしないでくれ。

古田　……。

藤岡、人々に向き直る。

藤岡　わたしたちにできることはやった。後は警察の力に期待するしかない。

人々　……。

藤岡　今日の会議は終わる。解散してくれ、東野くん以外は。

中村、立ち上がる。
関根、立ち上がる。
高山、立ち上がる。

高山　(古田に) 行こう。

古田、立ち上がる。

中村　失礼します。

関根　お邪魔しました。

高山　お疲れ様でした。

古田　（一礼）

人々、その場を去る。

舞台に残る藤岡、松平、東野。

藤岡　ちょっと休憩だ。

と言ってラジオをつける藤岡。

ラジオから流れてくるクリスマス・ソング。

藤岡　そう言えば、そういう季節だったなあ。

ラジオからクリスマス・ソング。

それをそれぞれの思いで聞いている人々。

藤岡　金を奪った犯人も、これを聞いているのかね。

二人　……。

東野、人々が飲んだ茶を片付ける。

藤岡　東野くん。
東野　ハイ。
藤岡　故郷はどこだったかな？
東野　青森です。
藤岡　じゃあ、この季節は大変だな。
東野　まあ。
藤岡　ご家族は？
東野　母と兄が。
藤岡　実家は何を？
東野　小さな文房具屋です。
藤岡　そうか。
東野　……。
藤岡　電話した方がいいなら何なりと言ってくれ。
東野　え？
藤岡　お母さんにだ。こんなことになってさぞかし心配してるだろうからな。

とモンタージュ写真を手に取る。

藤岡　君なら何に使う？
東野　ハイ？
藤岡　もしも三億円あったら。
東野　……さあ、どうでしょう。
藤岡　たぶん犯人も君くらいだ。少しはそいつの気持ちが理解できるんじゃないか。
東野　……。
藤岡　君より先に息子に聞いた方がてっとり早いんだが、あいにく日本にいなくてね。
東野　息子さんが。
藤岡　ロセンゼルスだ。日本料理店を向こうで開きたいなんて夢みたいなこと言ってる。
東野　へえ。
藤岡　もう二年だ。まったく電話もよこさないでいい気なもんだ。
東野　……。
藤岡　ま、ゲバ棒振り回して火焔瓶を投げてる輩よりはまだマシだが。ふふ。

と黒板にモンタージュ写真を貼り付ける。

藤岡　次長ならどうする？
松平　ハイ？
藤岡　三億円あったら？
松平　そうですね。わたしなら家を買いますね。今の家は手狭で女房と娘にいつもブーブー言われてます。
藤岡　それでもじゅうぶん釣りが来るだろう。
松平　なら軽井沢にプールつきの別荘でも買いますか。
藤岡　それなら奥さんたちも二度と文句は言わないだろう。
松平　言わせませんよ、当たり前です。ハハハハ。
藤岡　ハハハハ。

ラジオからクリスマス・ソング。

藤岡　すまない、いろいろ迷惑かけた。

と東野に頭を下げる藤岡。

東野　……。
藤岡　さっき古田くんに言った言葉は本心だ。
東野　……。
藤岡　わたしとしてはできれば、真実はこのまま闇に葬りたい。
東野　……。
藤岡　しかし、君の言うことは間違っているわけじゃない。
東野　……。
藤岡　だから、君がどうしても真実をしゃべりたいと言うならそれは仕方ない。そうならそうと

東野　言ってくれ。
藤岡　……。
東野　それなら、明日、警察でわたしの口から真実を説明する。
藤岡　……。
東野　それでいいか？
藤岡　……。

東野、返答せずにソファに座り込む。

藤岡　すぐに返事しろとは言わない。わたしも一晩、もう一度じっくり考えてみる。
松平　……。
藤岡　後は明日は明日の風が吹く、だ。ハハハハ。
東野　……。
藤岡　明日、九時前に府中警察署の前で落ち合おう。
東野　……。
藤岡　長い時間、ご苦労だった。今日はもう帰っていい。

と自席に戻る藤岡。
動かない東野。
それを見ている松平。
ラジオからは別のクリスマス・ソング。

東野　支店長。
藤岡　何だ。
東野　先程の質問の返答を今してもいいでしょうか。
藤岡　ああ。
東野　わたしは真実を警察に話しません、ただ一つだけ約束を守っていただけるなら。
藤岡　約束？
東野　ハイ。

藤岡と松平、顔を見合わせる。
東野、黒板のモンタージュ写真を剝がす。
そして、そこにペンで何かを書き込む。

藤岡　どんな？
東野　電話をお願いします。
藤岡　電話？
東野　ハイ。
藤岡　誰にだ？
東野　母にです。
藤岡　……。
東野　今晩中にお願いします。それがダメならわたしは警察に洗いざらい暴露します、みなさんが企んだ恐るべき陰謀を。
東野　……。どうですか？
松平、藤岡を見る。
藤岡　……考えておこう。
東野　わかりました。これが実家の電話番号です。
とモンタージュ写真を藤岡に手渡す。
藤岡　……。
東野　では、失礼します。明日、よろしくお願いしますッ。
と一礼してその場を去る東野。
舞台に残る藤岡と松平。
ラジオからクリスマス・ソング。
松平　ところで支店長。
藤岡　うん。
松平　今年の忘年会はどうしましょうか。

藤岡　そうか。まだ何も考えてなかったな、それは。
松平　こういう事態を招いた以上、本来なら大いに自粛すべきところでしょうが。
藤岡　そうだな。
松平　わたしは断固、反対です。
藤岡　え？
松平　こういう時こそ、すべてを忘れてパーッとどんちゃん騒ぎするべきだと。
藤岡　まあ。
松平　どうでしょう。従来の予算の倍くらいかけて派手にやるのは。
藤岡　よろしい。そうしよう。
松平　ありがとうございますッ。では、帰りがけにでも店の予約を。
藤岡　ああ──けど、マスコミに気付かれないようにこっそりと頼むよ。
松平　了解ですッ。では、今日はこれでッ。お疲れ様でしたッ。

とその場を去る松平。
舞台に一人残る藤岡。
東野からもらったモンタージュ写真のポスターを見る。
そして、受話器を取り上げ、ダイヤルを回す。
相手が出るのを待つ藤岡。
クリスマス・ソングが大きくなる。
と暗くなる。

3　時効の夜

暗闇の中、「三億円事件」について語る男の声が聞こえる。
警視庁捜査一課の平塚八兵衛刑事。

平塚（声）「犯人がどんな奴かってつくづく考えるんだが、オレはギャンブル好きの野郎じゃないかって思う。その理由ってのはこうだ。事件の前に起こった多摩農協の脅迫の時、一回目んときは『黒いクラウンで持ってこい』って言ってるんだ。二回目では『職員のスバルかファミリアで』だ。オレが疑問に思ったのは、野郎がどうして農協の車の種類をちゃんと知ってたかだ。で、農協に行ってみてピンと来た。あそこは多摩川競艇場や府中競馬場への通り道なんだ。つまり、ホシの野郎はギャンブル帰りに農協の前を車で通りかかってノロノロ運転してる時に見てたんじゃないか、と。門の閉まった中に止まってる車を見て、職員の車だと考えた。どうもそんな感じがするんだ。そんでいろいろ調べてもみたんだが、ついにホシには届かなかった。まあ、悔しいよ、そりゃ。けど、時効となりゃあこっちはもう手を出せないからね」――。

明かりが入ると、前景と同じ関東信託銀行の支店長室。
一九七五年十二月十日（前景から七年後）の夜。

東野がラジオをぼんやりと聞いている。
東野は現在、出資係長である。

アナ（声）「警視庁捜査一課の平塚八兵衛刑事の談話をお送りしました。世間を騒然とさせた三億円事件からすでに七年。犯人は逮捕に至らず、事件は本日、十二月十日の午前0時に時効を迎えます。では、ここで音楽をお聞きください。沢田研二さんで『時の過ぎゆくままに』」――。

「時の過ぎゆくままに」がラジオから流れる。
東野、モンタージュ写真を出して黒板に貼り付ける。

東野（それを眺めて）……。

東野、歌を口ずさむ。

東野 時の過ぎゆくままにィ、この身をまかせェ～。

そこへ関根がやって来る。
関根は現在、銀行内の案内係。

関根 何だよ、好きなのか、これ？

東野　え、まあ。わたしの予想だと今年のレコード大賞はコレですよ。
関根　そうかなあ。
東野　他にないでしょ、これに対抗できるの。
関根　あるある。「真綿色したシクラメンほど〜」（と歌う）
東野　そうか、それがあったか。

ラジオから聞こえる「時の過ぎゆくままに」――。

関根　しかし、よく聞いてくれたな。
東野　何がですか。
関根　（支店長席を見て）今の支店長だよ。
東野　ああ。
関根　普通、別の場所でやれって言わないか。
東野　そうですね。けど、わかってくれてるんだと思います、わたしたちの気持ちを。
関根　そんなデリカシーがあったのかねえ、あの人にも。
東野　それに約束ですから。
関根　まあ。
東野　そもそも言い出したのは関根さんじゃないですか。
関根　何を。
東野　「時効になる日にもう一度みんなでここに集まろう」って。去年の今頃ですよ、ホラ、忘年会で。

関根　半分冗談だったんだけどなあ。
東野　いや、正解だと思います。
関根　そうかな？
東野　そうですよ。わたしも思います。この日はもう一度、みんなでここで会うべきだ、と。
関根　ああ。

とドアの向こうで声がする。

東野　あ、到着したみたいです。

東野、ラジオを消してドアの方へ行く。

東野　お待ちしてましたッ。どうぞ、みなさんッ。

とそこへ人々がやって来る。
中村、高山、古田みな「本店」で出世している。
七年間の時間経過を表現するために容姿や衣裳に工夫されたし。

高山　いやあ、どうもどうもどうもッ。
古田　今晩は。
中村　どうもご無沙汰ですッ。

関根　いやあ、せっかくの休みの日にどうもありがとうッ。

と人々と握手する関根。

関根　あれッ、古田くん、去年より（髪）薄くなったんじゃないか。
古田　ひどいな、久し振りに会ったのに。
高山　ハハハハ。
東野　何ですか。
高山　信じられないよ、ほんと。こいつ（古田）そこ（入り口）でここに入るの躊躇《ためら》ってんだぜ。
関根　なんで？
高山　トラウマなんだって、この部屋が。ハハハハ。
古田　いじめないでくださいよッ。
東野　どうも、みなさん、お久し振りです。

と丁寧に挨拶する東野。

中村　元気そうだな。
関根　まあ何とか。
高山　出世したそうじゃないか。
関根　東野くんも係長ですよ、今や。
古田　おめでとうございます。

東野　みなさんも本店の方でご活躍だそうで。噂はいろいろ聞いてます。あれ、藤岡さんと松平さんは？　いっしょじゃないんですか。
古田　うん。今日、部下の結婚式があるとかで、別行動。
東野　そうですか。

中村、部屋を見回す。

中村　あんまり変わってないんだな、ここは。
高山　あーッ！

と大袈裟に驚き、貼ってあるモンタージュ写真を指差す高山。
人々、モンタージュ写真を眺める。
東野に似ている写真の男。

人々　（それぞれの思いで）……。
東野　一応、今日は貼っておこうと思いまして、あの日と同じように。
高山　オレたちへの嫌がらせか？
東野　その通りです。（と笑顔で言う）
人々　ハハハハ。

黙ってしまう人々。

中村　なんかさ。
関根　何？
中村　いや。
関根　何だよ。
中村　これ見ると胸がちょっと苦しくならないか。
人々　……。
中村　何て言うのかな、宿題の絵を誰か別の人に描いてもらったら、それがコンクールで入賞しちゃったみたいな。
東野　そうですね。

黙ってしまう人々。

高山　で、その後、どうなの？
東野　え？
高山　町歩いてて通報されたりしてない？
東野　最初の一、二年は。けど、さすがに最近は大丈夫です。
高山　それはよかったッ。
人々　ハハハハ。
古田　わたしたち、何か変なグループですよね。
関根　何だよ、変って？

古田　だってそうじゃないですか。普通は人は趣味とかスポーツとか、そういうもんを通して仲良くなるものでしょ？　それなのに、わたしたちはあの事件を通してこうなってるわけですから。

関根　言うなれば「三億円事件の会」ってとこだな。

中村　あんまり入りたくない名前だな、その会。

人々　ハハハハ。

そこへ松平がやって来る。
松平は礼服を着ていて、手に引き出物の風呂敷を持っている。

松平　いやあ、すまんすまん。お待たせお待たせッ。

東野　次長——あ、今は松平課長か。すいません、お待ちしてましたッ。

松平　参ったよ、車が渋滞でなかなか進まなくて。

東野　支店長、あ、いや、藤岡部長は？

松平　もうそこに。

関根　お忙しい日にすいません。

松平　おッ。久し振りだな、関根くん。

関根　ご無沙汰してます。

松平　何年ぶりかな。

関根　一度、本店の忘年会で。三年前ですね。

松平　そんなになるか。ちょっと太ったかな。

関根　歳には勝てません。

そこに藤岡がやって来る。
藤岡も礼服姿で引き出物を持っている。

東野　どうも、わざわざご足労かけまして。
関根　ご無沙汰しております。お元気そうで何よりです。
藤岡　ああ。
東野　よろしいんですか、具合は？
藤岡　胃を半分取ったけど、今はもう大丈夫。

藤岡、部屋を見回す。
そして、モンタージュ写真を眺める。

藤岡　……。

そんな藤岡を人々は見ている。
入賞した〝別の人が描いた絵〟――。

東野　今の支店長がよろしくお伝えくださいとのことです。
藤岡　そうか。礼を言っとくよ、わたしからも。

東野　お願いします。

関根は缶ビールを持ってきて人々に配る。

関根　えー店はいつもの「虎八」を予約してありますので、ここが終わり次第、そちらへ移動ということで。

東野　さ、みなさん座ってください。

人々、それぞれソファに座る。

東野　じゃあ、時間もそんなにないですから、始めましょう。部長から乾杯の音頭をお願いします。

藤岡、人々の前に立つ。

藤岡　今日はこうしてお招きいただきありがとう。

人々　……。

藤岡　呼んでもらっといて言うのもナンだが、関根くんからこの集まりの話を聞いた時、正直、余り気乗りしなかった。

関根　すいません。

藤岡　しかし、わたしたちが今日、この場所で集まることは、きっと必要なことだとその後、思い直した。

人々　……。

藤岡　ご存知の通り、警察の必死の捜査にもかかわらず犯人は捕まらなかった。後数時間であの事件は時効になる。

人々　……。

藤岡　しかし、時効になっても、あの出来事がわたしたちにとって決して忘れることができない事件であったことに変わりはない。

人々　……。

藤岡　あんな失態を演じながらも、わたしも――そして、ここにいるみんなも本店の処分を受けることなく、こうして何とか仕事してる。

人々　（苦笑）

藤岡　たぶん、わたしも君たちと同じ気持ちだ。

人々　……。

藤岡　だから今日の集まりはわたしたちの「反省会」として意味があると思う。

人々　……。

藤岡　ま、一つの節目、区切りだ。

人々　……。

藤岡　その後のみんなの近況報告も兼ねて今日は楽しくやろう。「乾杯」じゃまずいか？

松平　いいですよ、乾杯で。

藤岡　じゃあ、乾杯。

人々、口々に「乾杯」と言いビールを飲む。

関根　さっき中村さんが言ってましたが、これ（モンタージュ写真）を見ると胸がちょっと苦しくなりませんか。
藤岡　そうだな。
松平　何せこいつは、何と言うか、わたしたちの失敗の象徴みたいなもんだからな。
中村　まったく。（その通り）
人々　……。
古田　結局、捕まりませんでしたね。

黙ってしまう人々。

東野　わたし今でも覚えてます。次長が——あ、失礼。課長が。
松平　次長でいいよ。
東野　七年前、ここで会議した時言った言葉を。
松平　何だよ、それ。
東野　「もしかしたら明日にでも逮捕されるなんてこともあるかもしれない。そしたらこんな些細なことで悩んでるのが馬鹿みたいに思えるよ」って。
松平　そんなこと言ったか。
東野　言いました。
松平　記憶にないなあ。

古田　わたしも覚えてます。それ聞いてわたしはちょっとホッとしたの覚えてますから。
高山　結局「ラッキーだった」ってことなんですかねえ。
関根　犯人が？
高山　だって、普通、捕まるでしょ、こんなことしたら。
東野　そうですね。
中村　どんな気持ちなんでしょうね、犯人。
人々　……。
藤岡　気持ちはわからんが、今、その男が何をしてるかはわかるよ。
中村　と言うと？
藤岡　わたしたちと同じように時計とにらめっこして時間が経つのを待っている。
中村　そうですね、きっと。
人々　……。
古田　あの、今だから言えるんですけど、わたし、みなさんに告白しなきゃいけないことがあるんです。
藤岡　何だ、告白って。
古田　警視庁の平塚八兵衛刑事、ご存知ですよね。
藤岡　よく知ってるよ、有名だもの。
古田　去年の今頃です、あの人がテレビに出てしゃべってるのを聞いたんです。「あのモンタージュ写真を当てにしちゃダメだ」って。
藤岡　ああ。
古田　わたし、その話聞いて、いてもたってもいられなくなって平塚さんのいる府中警察本部へ

松平　行ったんです。
古田　何しに？
松平　お礼を言いにです。
古田　お礼？
松平　ハイ。「よくぞ言ってくれましたッ」と。
人々　……。
古田　心配しないでください。変なことは言ってません。ただ、わたし、嬉しくて平塚さんにお礼を言わずにはいられなかったんです。だから手を握って何度もお礼を。
高山　平塚さんは何て？
古田　忙しいみたいで、ちゃんと取り合ってもらえませんでしたけど。
藤岡　そうか。
古田　すいませんッ。

苦笑する人々。

藤岡　その後、眠れるのか、ちゃんと。
古田　お陰様で。けど、明日からはもっと深く眠れるように思います。
藤岡　それはよかった。しかし、それはたぶんみんなも同じだ。

苦笑いする人々。

藤岡　実はな、今日、わたしがここに来たのには理由があるんだ。
東野　え?
藤岡　この日が来るまで黙ってようと思ってたことがある。

人々、顔を見合わせる。

中村　何ですか。
藤岡　うむ。

言いよどむ藤岡。

藤岡　それを話す前に、まずみんなに詫びなければならない。みんな、この七年間、それぞれによく耐えてくれた。
人々　……。
藤岡　犯人も辛かっただろうが、君たちも辛かったと思う。そう、わたしたちは世間の目を気にして、目撃の事実を隠したからだ。
人々　……。
藤岡　当初は楽観していた。仮に君たちの目撃証言に嘘があっても、(写真を示し) 仮にこの顔が実物とは違う偽りのものであっても、犯人さえ捕まればすべての問題は解決する、と。
人々　……。
藤岡　しかし、犯人は捕まらなかった、七年もの間。これは言わば、犯人から我々への罰だったのかもしれない。そんな苦しみをみんなに与えてしまった原因はわたしの判断だった。だからその苦しみに対してこの通り、詫びる。

と頭を下げる藤岡。

中村　やめてくださいよ、部長。
関根　そうですよ。
高山　責任はここにいるみんなにあるんですから。
古田　そうそう。
東野　わたしたちは部長の意見に賛成したからそうしたまでです。
松平　……。
藤岡　そう言ってもらえると嬉しいがな、まだ続きがある。
中村　続き？
藤岡　古田くんと同じことをしたんだ、わたしも。
中村　古田と。
東野　同じこと？
藤岡　ああ。

人々、顔を見合わせる。

松平　平塚さんに話したんだよ、部長も。

古田　え？
松平　モンタージュ写真に関する真実を、クビを覚悟でな。
人々　……。
東野　そうなんですかッ。
藤岡　ああ。
人々　……。
藤岡　事件の翌年、一九六九年の夏だったと思う。平塚さんから電話をもらった。
人々　……。
藤岡　もう一度、事件のことを聞きたいってことで会ったんだ、府中警察の本部で。
人々　……。
藤岡　平塚さんはあのべらんめえ調の口振りでいきなりこう切り出した。「支店長さん、本当のことを言ってくれよ」と。
人々　……。
藤岡　さすが「昭和の名刑事」と呼ばれる人だ。最初はシラを切ったが、あれよあれよという間に本当のところを全部聞き出された。
人々　……。
藤岡　すべて話し終わって頭を下げたよ、「申し訳ありませんでしたッ」と。物凄い雷が落ちることを覚悟でな。
人々　……。
藤岡　すると、意外にも平塚さんは笑い出したんだ。
関根　笑った？

藤岡　そう、大笑いだ。
人々　……。
藤岡　すべてお見通しだったってわけだ。
中村　それで？
藤岡　そして、こう言った。「このことはここだけの秘密してしてくれ」と。
人々　……。
藤岡　わたしは訳がわからなくなった。なぜ警察がモンタージュ写真のことを秘密にしなければならないのか？
人々　……。
藤岡　ちょっと考えてすぐにわかった。

黒板のモンタージュ写真を示す。

藤岡　警察も困るんだ、今さらこれが「犯人とはまったく違う顔だった」ことが世間にバレると。
人々　……。
藤岡　つまり、わたしたちと同じだ。警察も世論の矛先が自分たちに向かうことを恐れたんだ。
人々　……。
藤岡　それを知りながら、君たちにそのことをわたしは告げなかった。平塚さんとそう約束をしたからだ。
人々　……。
藤岡　本当に詫びたかったことはそれだ。すまん、許してくれ。

と頭を下げる藤岡。

人々　……。

中村　松平課長は知ってたんですか。

松平　さっき結婚式帰りの車ん中でな。運転手がいなかったら大声出してたよ、きっと。

古田　じゃあ自分が平塚さんのところへ行った時はすでに。

松平　そういうことだ。

人々　……。

脱力して動かない人々。

七年間、ついた嘘に苛まれ続けた自分。

人々、ほとんど同時にぐいっと缶ビールをあおる。

松平　ハハハハ。

と笑い出す松平。

それにつられて笑い出す人々。

中村　ハハハハ。

関根　何だよ、それ。ハハハハ。

高山　知ってのかよ、警察は。ハハハハ。
古田　……みたいだね。ハハハハ。

と大笑いする人々。
しかし、東野だけは笑わない。
しばらくしてみな笑い止む。

藤岡　重ねて――この通りだ。

と頭を下げる藤岡。
それを見ている人々。

松平　もういいですよ。お気持ちはじゅうぶん。なあ。
中村　ハイ。
高山　そういうことなら。お前もいいんだろう?
古田　(うなずく)
関根　ハハハハ。
東野　……。
関根　ここに納得できない人がいるみたいです。
東野　できませんね。当たり前じゃないですかッ。
藤岡　……。

東野　だってそうでしょうッ。みなさんは、みなさんは、この写真のせいでわたしがどれだけ迷惑したかわかってるんですかッ。
人々　……。
東野　けれど、耐えたんですよ、わたしはッ。耐えることがわたしの正義だと信じたからですッ。
人々　……。
東野　なのに何ですか、それ。警察はすでにみんな知っていた？　冗談じゃないですよッ。わたしの気持ちも少しは考えてくださいよッ。

とモンタージュ写真を丸めて投げ捨てる東野。
興奮してハアハア言っている東野。
それを黙って見ている人々。

東野　何だったんだよ、この七年間は――。

とポツンと言う。

人々　……。
東野　すいません、取り乱して。

藤岡、東野の投げ捨てたモンタージュ写真を拾う。
そして、皺を伸ばして黒板に貼り付ける。

それを見ている人々。

藤岡　東野くん。
東野　ハイ。
藤岡　君には特に迷惑をかけた。
東野　……。
藤岡　あの日、事件が起きて三日目、わたしが君をこの部屋に呼ばなかったらこんなことにはならなかったろう。
東野　……。
藤岡　関係ない君をこんなことに巻き込んでしまって申し訳ないと言うより、ありがとうと言った方がいいか。

黙っている人々。

藤岡　これで納得してくれとは言わない。
人々　……。
藤岡　たぶんこれで終わりじゃない。
人々　……。
藤岡　わたしたちが正しかったのか、そうでなかったのか？
人々　……。
藤岡　その答えも永遠に出ない。

人々　……。
藤岡　事件同様、わたしたちの気持ちもきっと永遠に未解決だ。

　　黙っている人々。

藤岡　ちょっとしゃべり過ぎだな。ふふ。

　　と支店長席に座る藤岡。
　　懐かしい椅子。

松平　わたしもそう思います。
藤岡　うん？
松平　今日のスピーチでもおっしゃってたじゃないですか。
藤岡　何？
松平　結婚式ですよ。新郎新婦におっしゃいましたよね、今日がこの事件の時効であることに触れて。
人々　……。
松平　「未解決なのは何も事件だけじゃありません。結婚生活も、いや人生そのものが未解決事件の連続ではないかとわたしは思ってます」と。
藤岡　まあ。（と苦笑）
人々　……。

松平　「それでも二人で支え合って、頑張って生きていってほしい」――。
人々　……。
松平　わたしはその言葉に心の中でうなずきました。
藤岡　（照れて）恥ずかしいからやめてくれ。

黙ってしまう人々。

古田　あの、一ついいですか。

と沈黙を破ってしゃべり出す古田。

古田　ものは考えようだとわたしは思うんです。
高山　何？
古田　すいません、でしゃばるみたいで。けど、どうしてもみなさんに聞きたいことがあるんです。
高山　聞きたいこと？
古田　ハイ。
関根　何だよ。
古田　こいつのことをみなさんはどう思いますか。

古田、黒板のモンタージュ写真のところへ行く。

古田　正確にはこんな顔じゃないわけですけど、こいつです、白バイに乗ってわたしたちを騙したあの男。
高山　何だよ、いきなり。
古田　どうですか。
中村　どうですって言われてもなあ。
関根　ふざけた野郎だよ、泥棒だ。決まってるじゃないか。
古田　そうです。こいつが金を奪わなかったらわたしたちはこんな思いをすることはなかったわけですよね。
高山　そうだよ。それがどうした？
古田　わたしもずっとそう思ってました。けど、それだけじゃなかったんじゃないかって。
中村　何が言いたいんだよ。
古田　……すいません。

と隅に行ってしまう古田。

東野　どういうことですか、「それだけじゃない」って？

古田に注目する人々。

古田　その、何て言うか、こんなこと言うともしかしたら怒るかもしれませんけど。

高山　だから何なんだよッ。
古田　部長が本店勤務になることが決まって、その送別会をやった時です。二次会でした。「虎八」を出て、駅前のバーでみんなで飲んだの覚えてますか。
中村　ああ。
古田　残ったのは、ここにいる人たちだけです。
人々　……。
古田　わたし酔っ払って、半分眠ってましたけど、みなさんしゃべってました、事件のことや犯人のこと。
人々　……。
古田　わたしには、みなさんが楽しそうに見えました。

人々、「楽しそう」という言葉にハッとする。

古田　それを見た時、何て言うか、こいつがいなかったら、わたしたちはこういう風には絶対にならなかったろうなあって。
人々　……。
高山　つまり、何か。お前はこいつがいたから俺たちが仲良くなったと言いたいわけか。
古田　まあ。
高山　ハハハハ。馬鹿言うんじゃないよッ。そんなことあるわけないだろう。あんな事件ない方がよかったに決まってるじゃないかッ。
人々　……。

しかし、誰も高山に同調しない。

藤岡　ハハハハ。確かにそうかもしれん。

人々　……。

と雨の音が聞こえる。

松平　雨か？

中村　そうみたいですね。

人々、雨の音に耳を澄ます。

関根　そろそろ行きましょうか。

松平　そうだな。東野くん、傘ある？

東野　え？

松平　傘だよ、傘。

東野　あ、あります。あっちに、忘れ物がたくさん。

松平　じゃあ、行こう、みんな。腹も減っただろう。

中村　そうですね。

高山　久し振りだな「虎八」行くの。

古田　持ちますよ、それ。

と松平と藤岡の引き出物を持つ古田。

松平　すまんな。行きましょう、部長。
藤岡　ああ。その前に一つ。
松平　何か？

藤岡、黒板のモンタージュ写真を外す。
そして、それを東野に手渡す。

藤岡　破いて捨ててくれ、君が。
東野　（受け取って）……。
藤岡　これは、君が捨てるのが正しい気がするんだ。

東野、モンタージュ写真を破ろうとする。

人々　……。

しかし、東野はそれを破かず、黒板に貼る。

東野　時効が来ても、まだ終わりじゃありません、これからもずっと。
人々　……。

間。
人々の失敗の象徴。

藤岡　そうだな。
人々　……。
藤岡　（上を見上げて）あーかなり降ってるな。

藤岡、その場を去る。

松平　傘はどこだ、傘は？

それに続く松平。

関根　お持ちしますッ。

と後を追う関根。
それに続く中村、高山。
舞台に残る古田と東野。

古田　行こう。

東野、古田に促されて人々を追ってその場を去る。

エピローグ

雨と雷鳴。

警官の声「緊急指令。警視庁から各局。府中署管内、府中刑務所裏で重要事件発生。白バイ警察官に偽装した男一名が、現金三億円を積んだ乗用車を奪って、府中街道方面を逃走中」――。

黒板のモンタージュ写真が浮かび上がる。

警官の声「マル害（被害者）は国分寺市本町二丁目十二、関東信託銀行国分寺支店。マル被（被疑者）は交通警察官を装い、現金輸送車を奪って府中街道を逃走中。マル被の人着（人相・着衣）、二十代の若い男。革ジャンパー着用。白ヘルメットのため、ハツ（髪形）は不明。被害車両は黒塗りのセドリック」――。

と雷鳴。

男（声）「繰り返す。緊急指令。警視庁から各局。府中署管内、府中刑務所裏で重要事件発生。白バイ警察官に偽装した男一名が、現金三億円を積んだ乗用車を奪って、府中街道方面を逃走中。マル害は」――。

声は雨の音にかき消されて聞こえなくなる。

黒板のモンタージュ写真。

と暗くなる。

〔参考・引用文献〕
『20世紀最大の謎　三億円事件』（別冊宝島編集部編／宝島ＳＵＧＯＩ文庫）
『刑事一代　平塚八兵衛の昭和事件史』（佐々木嘉信著／新潮文庫）
『三億円事件』（一橋文哉著／新潮文庫）
『小説3億円事件』（松本清張著『水の肌』所収／新潮文庫）
『昭和・平成「未解決事件」１００　衝撃の新説はこれだ！』（宝島社）

あとがき

いつ頃からか、フィクションではなくノンフィクションに大きな魅力を感じるようになった。それまでのわたしの読書はもっぱら小説であり、映画鑑賞も大きな嘘を含んだストーリーを好んでいたように思う。だからと言って、「大嘘好き」の傾向がまったくなくなったわけではないが、いつからか作られたものではなく本当にあったことに強い興味を覚えるようになった。書店でノンフィクションのコーナーに足を運ぶなどということは、若い頃のわたしには想像もつかないことであった。そんなわたしではあるのだが、本書に収録した二本の戯曲は、ともに実際にあった事件を元にして書いたものである。

『好男子の行方』は、一九六八年に東京府中で起こった「三億円強奪事件」を扱った戯曲である。輸送中の現金が白バイ警官に偽装した何者かに強奪され、犯人逮捕に至らなかった未解決事件。警察が作った白いヘルメットを被った若い男のモンタージュ写真はほとんど国民的レベルで知られている。この事件の関連書籍を読んでいたら、「事件の後、金を奪われた銀行員たちは支店長室に集まり、事件の経緯を説明する報告会を行った」という一節にめぐりあった。この一節を想像力豊かに膨らませて書いたのが本作である。手前味噌な言い方だが、三億円事件を犯人や警察側からではなく、被害者である銀行側から描いたものはわたしが知る限りないように思う。

『夜明け前――吉展ちゃん誘拐事件――』は、一九六三年に台東区で起こった「吉展ちゃん誘拐殺人事件」を扱った戯曲である。本作は本田靖春さんが書いた『誘拐』（ちくま文庫）に大きな恩恵を受けている。同書の中に犯人の兄弟姉妹に関するかなり詳しい記述があるからである。そして、『好男子の行方』同様に、犯人や警察ではなく、犯人の兄弟姉妹に焦点を当てて物語を書いてみようという気持ちになったのである。また、この事件が一九六四年の東京オリンピック開催前夜に起こったことも、わたしには印象的なことだった。折しも、二〇二〇年の東京オリンピック開催を控えた時期だったからである（二〇二〇年の東京オリンピックは周知の通り、延期となったが）。また、標準語で書いた台詞を出演者でもあった福島県出身の浅倉いづみさんに方言に直してもらい、それを決定稿とした。

ところで、これらの公演を見に来てくれたとあるお客さんから「いさをさんは社会派に転向したんですか」という質問をされた。まあ、そのように思われても仕方ないとも思うが、そんなつもりは全然ない。わたしは今も昔も芝居はエンターテインメントだと思っている。しかし、わたしにとってのエンターテインメントが、かつてのそれとはだんだんと変わっていったのは事実である。かつて書いたものも、今書いたものも、すべてその時のわたしの興味が集約して生まれていることに変わりはないが、確かにわたしの中での興味の変遷はあるように思う。

最後に継続的にわたしの戯曲を出版してくれる論創社の森下紀夫さんに心からお礼申し上げる。今では「戯曲出版の砦」として論創社はつとに有名だと思うけれど、論創社の戯曲出版第一弾は、何を隠そうわたしの処女戯曲集『ある日、ぼくらは夢の中で出会う』である。そう言えば、『ある日、ぼくらは夢の中で出会う』では誘拐事件を、『バンク・バン・レッスン』では銀行強盗を題材にわたしは戯曲を書いている。そういう意味では、この戯曲集に収録された二本の戯曲は、若い日に書いたそれらの戯曲の発展形なのかもしれない。

二〇二〇年四月

高橋いさを

上演記録

『夜明け前―吉展ちゃん誘拐事件―』
ISAWO BOOKSTORE vol.4
・日時／二〇一九年十二月三日（火）～八日（日）
・場所／オメガ東京
［出演］
中原　保／関　幸治
義成／蒲　公仁（個人企画集団＊ガマ発動期）
弘二／児島功一
千代治／久我真希人
満／二神　光
キヨ子／浅倉いづみ
イサヨ／鯨　エマ
オト／山本育子
幸枝／紀那きりこ
サクエ／岡林　愛
［スタッフ］
作・演出／高橋いさを
美術／仁平祐也
照明／長澤宏朗

音響／宮崎裕之・石井宏幸（predawn）
舞台監督／藤林美樹・筒井昭善
演出助手／杉山剛志・中村裕久・高野弘斎
宣伝美術／橋本有人・宮下　勲（Odds Design）
ヘアメイク／本橋英子
制作／㈲ファイナル・バロック
制作協力／オメガ東京
プロデューサー／宇津井武紀

『好男子の行方』
ISAWO BOOKSTORE　vol.1
• 日時／二〇一八年十二月十二日（水）～十八日（火）
• 場所／オメガ東京
［出演］
藤岡／飛野悟志
松平／五十嵐明
中村／東　正実
関根／春見しんや
高山／磯崎義知
古田／小中文太
東野／桧山征翔

刑事（声）／高橋いさを

［スタッフ］

作・演出／高橋いさを

美術／仁平祐也

照明／長澤宏朗

音響／佐野貴史

舞台監督／吉川尚志

演出助手／修　美穂・高野友靖

宣伝美術／津曲浩司（カンフェティデザイン室）

WEB製作／NORINO

写真／山田康雄

撮影メイク／本橋英子

制作／冨田　哲・菅井京子㈲ファイナル・バロック

プロデューサー／宇津井武紀

高橋いさを（たかはし・いさを）
1961年、東京生まれ。劇作家・演出家。
日本大学芸術学部演劇学科在学中に「劇団ショーマ」を結成して活動を始める。2018年に「ISAWO BOOKSTORE」を立ち上げて活動中。著書に『バンク・バン・レッスン』『極楽トンボの終わらない明日』『八月のシャハラザード』『父との夏』『モナリザの左目』『I-note 演技と劇作の実践ノート』『映画が教えてくれた』（すべて論創社）など。

※上演に関する問い合わせ：
〈高橋いさをの徒然草〉（ameblo.jp/isawo-t1307/）に記載している委託先に連絡の上、上演許可を申請してください。

夜明け前——吉展ちゃん誘拐事件——

2020年5月20日　初版第1刷印刷
2020年5月30日　初版第1刷発行

著　者　高橋いさを
発行者　森下紀夫
発行所　論 創 社
東京都千代田区神田神保町 2-23　北井ビル
tel. 03（3264）5254　fax. 03（3264）5232　web. http://www.ronso.co.jp/
振替口座　00160-1-155266
装釘／栗原裕孝
組版／フレックスアート
印刷・製本／中央精版印刷
ISBN978-4-8460-1936-5